青いスタートライン
高田由紀子
絵＝ふすい

青いスタートライン

I

「うわ……」

目の前に、灰色《はいいろ》の空と日本海が広がっていた。

ザーン……。ザッザーン……。

白い波が、もりあがってはくだける。

きつい潮《しお》のにおいが体にしみていく。

風がふき、海水まじりの冷たい砂《すな》が頬《ほお》に当たった。

ドクンドクンドクン……。

心臓《しんぞう》がますます強く鳴りだす。

「颯太《そうた》、もしかしてびびっとる?」

遠泳のコーチをしてくれている夏生《なつき》くんが、ニヤッとわらってぼくの顔をのぞきこんだ。

「び、びびってないよ」

頬《ほお》についた砂《すな》をはらう。

「こんなに天気が悪いんなら、もっと晴れてるときに見にくれば良かったって思っただけ」

「へえ～」

夏生くんがさらにニヤニヤした。

ふんっ。

ぼくの気もちはお見通し、って顔してさ。

「緊張《きんちょう》するから、下見は直前がいいっていってたの、颯太《そうた》だろ?」

「そ、そうだけどさ……」

ずっと夏生くんと練習してきて少し自信がついたのに、いざ会場を見ると、そんなものはふっとんでいった。

「ブツブツいってないで、パンフレット見てみたら？」

しかたなく、にぎりしめていたパンフレットを広げた。

「第五回　オープンウォータースイミング　ｉｎ《イン》　佐渡《さど》」

青でくっきり印刷《いんさつ》された文字と、海を泳いでいる選手の写真を見つめる。


明日、ぼくはこのオープンウォータースイミングの大会に出場する。

子どもから大人まで参加できる、遠泳の大会だ。


「小学生　一キロコース」のページを開くと、風に負けないように指でしっかりおさえた。

大きな逆《ぎゃく》三角形が目にとびこんでくる。

今まで何回も見直したコース図だ。

海は、図のとおり、ロープでつながれたオレンジ色の丸ブイで、三百メートル、四百メートル、三百メートルの逆三角形に仕切られていた。

「明日はあのブイにそって泳げばだいじょうぶだからな」

夏生《なつき》くんがぼくの肩《かた》に手をおいた。

「う、うん……」

もう見たくないのに、海から目がはなせない。

オレンジ色の丸ブイが、波間《なみま》に現《あらわ》れては消える。

「なんだかブイが生きているみたい……」

パンフレットには、

「進路が変わる目印として三百メートル、七百メートル地点に黄色いブイ（ドラム缶《かん》くらいの大きさ）を設置《せっち》」

と書いてあるけど、波しぶきでよく見えない。

第二地点の一番の目印として「横島《よこしま》」と呼《よ》ばれる横長の小島があるのは、はっきりわかるけど……。

「横島ってさー、海のどこから見てもあの横長の形なんだぞ」

「本当？　夏生くん、あんなに遠くまで泳《およ》いで帰ってきたことあるの？」

「ああ。颯太《そうた》だってあれだけ練習がんばったんだから、できるよ」

「でも、でもさ、天気も悪いし……中止になるかも……」

「明日は晴れるって何回もいっとるだろー」

夏生《なつき》くんが空を見上げた。

がくりと肩《かた》を落とすと、突然《とつぜん》大きな音がひびいた。

カーン、カーン。

ふりかえると、おじさんたちが砂浜《すなはま》に銀色のスタート&《アンド》ゴールゲートを設置《せっち》していた。

明日、あのゲートにもどってくるぼくを想像《そうぞう》してみる。

うーん……。

むりだ！

頭に浮《う》かぶのは、おぼれてライフガードの人に運ばれているみじめな姿《すがた》だけ。

ううっ。ぼくのバカバカっ。

過去《かこ》にもどってさけんでやりたい。

「遠泳なんてやめとけ！　海を一キロも泳ぐなんてぼくにはむりだよ！」

……って。

心臓《しんぞう》の上に手をやると、ドックンドックンとはねあがっているのがわかる。

鼓動《こどう》を手のひらに感じながら、ぼくは夏休み前のことを思いだしていた。

§

梅雨《つゆ》も明けたばかりの七月上旬《じょうじゅん》。

ぼくはまだ、自宅《じたく》のある東京《とうきょう》にいた。公園からの帰り道、親友のハルにぐちっていた。

「……にしてもさあ、竜也《たつや》たち、ひどいよね」

「『お前マジで使えねえな！』とか『ダメダメ』とかな」

ハルが甲高《かんだか》い声で竜也のものまねをした。

「ほんと竜也のためにゲームやってるんじゃないっての」

ぼくが早口でいうと、急にハルが真顔になった。

「颯太《そうた》、それ、竜也にいえばよかったのに」

「もう〜ぼくがいえるわけないって、知ってるでしょ〜」

「……だよね」

ぐさっ。

ふざけた感じでいったけど、ハルにあっさり認《みと》められると、ちょっと傷《きず》つく。

昼休み、ハルと新作ゲームの話をしていると、五年三組のボスの竜也《たつや》に「放課後、公園に集合な」と声をかけられた。

ハルがぼくの目を見て、「やめとこ」って合図したのに気づきながら、つい「う、うん」っていってしまった。

ふだんはいっしょに遊んだりしないのに声をかけてくるなんて、ゲームが目当てってわかってたのに。

案の定、竜也と、いつもいっしょにいる純次《じゅんじ》にすぐゲームをとられ、攻略《こうりゃく》できない場面になるとおしつけられた。

「颯太《そうた》、ここ、クリアしろ！」

「えっ、えっ」

「ハルもな！」

「えっ、純次《じゅんじ》、ここはまだむりだよ」

「むりでもやれっ、ハル！」

通信で組んで敵《てき》とバトルしていた竜也《たつや》と純次のペア戦士は、あっという間に倒《たお》された。

「くそっ、死んだ……颯太《そうた》、お前マジで使えねえな！」

「ハルもダメダメじゃん」

そして竜也は舌打《したう》ちすると、純次に声をかけた。

「なあ、グラウンドでサッカーしようぜ」

「いいね～」

ぼくとハルは、ゲームをケースにしまうのでいそがしいふりをした。

ふりをしている間に、ふたりは何もいわずに、公園の横にあるグラウンドに走っていった。

「だからさ、最初からことわろうと思ったんだよ……」

つぶやいてから、あーあって思った。

ぼうしをとって、ひたいの汗《あせ》をぬぐう。

「ハル、今年の夏休みもぼくの家にお泊《と》まりするだろ？　そうそう、神社の祭りって、何日だったっけ？」

声が上《うわ》ずる。

「……ハル？」

いつもなら「おう！」と返ってくるはずのタイミングでハルの声がきこえなかったから、思わず顔をのぞきこんだ。

「……颯太《そうた》、おれ今年は塾《じゅく》の夏期講習《こうしゅう》にいくことにしたから……いっしょに遊べない」

ハルがきっぱりといった。

「えっ？　うそ」

「おれ、受験しようかな、と思ってさ」

「じゅ、じゅけん？」

「中高一貫《いっかん》のK《ケー》中学」

「へ、へえ……五年なのに、もう塾いくんだ」

「『もう』おそいくらいだよ」

チューコーイッカン？

意味がわかんないけど、今、ハルにきくのはかっこ悪い。

（どうしよう。夏休み、ハルと遊べなくなる）

さっきまで暑かったのに、急に水をかけられたような気分になった。

「そ、そっか」

のどの奥《おく》がひっつきそうになる。

「じゃあな」

「あ、ねえ、ぼくも……塾《じゅく》、興味《きょうみ》あったんだよね、実は」

「えっ……マジ？」

「ハル、どこの塾にいくの？」

ハルはすぐに答えず、ゲームの入ったケースを見つめた。

「颯太《そうた》、塾のことなんて一回もいったことなかったじゃん？」

「そ、そんなことないよ。本当は、そろそろ勉強しなきゃいけないかなーって……」

いってから、またあーあ、って思った。

気がつくと、分かれ道まできていた。

「じゃね」

「あ、うん。バイバイ」

ぼくはいつもより大きい声をだして、手をふった。

でもハルはふりかえらずに、いつもより足早に去っていった。


「お母さん、ハルって受験するんだって」

家に帰ると、お母さんが用意していた手作りクッキーを食べながらハルのことを話した。

お母さんは、ふぅと息をついて、ぼくのむかい側に座《すわ》った。

「ハルくん、去年までは毎日いっしょに遊んでたのにね」

「あーあ。夏休み、どうしようかなー」

「颯太《そうた》もハルくんといっしょの塾《じゅく》にいく?」

お母さんがぼくの目をのぞきこむ。

「えっ、いやいや、塾なんていやだよ。受験なんてむりだし」

ハルにうそを見抜《みぬ》かれたことを思いだすと、もやもやする。

「そうだよね。いいよいいよ、勉強は。颯太《そうた》のやる気になったときで」

……あれっ？

お母さんはやさしくいっているのに、なぜかもやもやが大きくなっていく。

「そういえばさ……」

チューコーイッカンって何？　ってきこうとすると、お母さんがテーブルにつっぷした。

「お母さん!?　どうしたの？」

「あ、うん。だいじょうぶよ……」

よく見ると、いつもよりお母さんの顔色が悪い。

「具合が悪いの？　風邪《かぜ》でもひいたの？」

「ううん。颯太にはまだいってなかったんだけど、実はね……」

お母さんは口もとをおさえながらつぶやいた。

「お母さん、赤ちゃんができたの」

「えっ？　ええええーっ？」

思わずさけんだ。

だって……。

「お母さん、赤ちゃんはもうできないかも、っていってたよね」

ぼくが一年生のころに、兄弟がほしいっていったら、お母さんがそう答えたのをはっきりおぼえている。

ハルには妹がいるし、竜也《たつや》や純次《じゅんじ》にはお兄ちゃんがいる。

ぼくはそのうち弟か妹ができると思っていたから、けっこうショックだった。

でも、今は……。

「おなか……大きくないじゃん」

「生まれるのはまだまだ先。二月の予定なんだよ」

「本当に……産《う》むの？」

「うん、もちろん」

お母さんは青白い顔を上げるとほほえんだ。

ぼくは、ぼんやりとうなずくことしかできなかった。

その日の夜中、部屋のドアがドンドンドンドン！　とたたかれる音で目がさめた。

びっくりして起きあがると、お父さんが入ってきた。

「颯太《そうた》、お母さんの調子が悪いから病院へいくけど、颯太はどうする？」

「えっ、お母さんが!?」

ぼくはお父さんたちの寝室《しんしつ》へかけこんだ。

お母さんはくの字に体を曲げ、おなかをおさえている。

「だいじょうぶっ？」

お母さんのひたいには汗《あせ》が浮《う》かんでいて、顔色が昼間よりさらに悪く見えた。

病院のろうかのイスに座《すわ》って待っていると、看護師《かんごし》さんが出てきてお父さんに説明をはじめた。

お母さんは切迫流産《せっぱくりゅうざん》というのになっていて、入院しないと赤ちゃんがだめになってしまうかもしれないし、お母さんの体にもよくないらしい。

「なにそれ……お母さん、だいじょうぶなの？」

ぼくはお父さんの腕《うで》にしがみついた。

「だいじょうぶ、だいじょうぶ。入院して、ずっと寝《ね》ていればだいじょうぶだって」

だいじょうぶ、をくりかえすお父さんの声がかすれている。


診察室《しんさつしつ》に入ると、奥《おく》のベッドの上でお母さんが点滴《てんてき》をしていた。

目の下はうっすら黒くなっていて、くちびるは白っぽい。

（うそ……赤ちゃんを産《う》むのって、こんなに大変なの？）

ぼくはドキンドキンと鳴る胸《むね》の上に手を当てた。

「あ、颯太《そうた》……びっくりさせて、ごめんね」

お母さんはぼくに気づくと、うっすらとわらった。

そして、おなかの上に点滴をしていない右手を当てた。

「お母さんも赤ちゃんもがんばるから……」

じっとおなかを見つめつづけながら、お母さんはつぶやいた。

目の前にお母さんがいるのに、すごく遠くにいってしまうような気がした。

今までは、具合が悪くなってもこんなふうに感じたことはなかったのに……。

「お母さん、むりしないで……」

思わずつぶやくと、お母さんは今まで見たこともないような強い目でぼくを見た。

「赤ちゃんは、絶対《ぜったい》守るから」

ぼくはズボンをにぎりしめた。

「がんばるもんねぇ……」

お母さんは急にやさしい表情《ひょうじょう》に変わったかと思うと、またおなかを見つめながらゆっくりとなでた。

ぼくは、のどまで出かけた言葉を飲みこんだ。

お母さん……何かあったらどうするの!?

赤ちゃん……むりに産《う》まなくてもいいのに。

ぼくだけじゃ……だめなの？


胸《むね》が、ひゅっと冷たくなった。

……ぼく、なんてこと考えているんだろう。


お母さんはそのまま入院することになった。

短くて二週間、長いと一ヶ月以上かかるらしい。

「そんなに長いの？　お母さん、だいじょうぶなの？」

「だいじょうぶだよ。ただ、絶対《ぜったい》安静にしないといけないんだ。食事とトイレくらいしか、動いちゃいけないらしい。家にいると、ついお母さんは動いてしまうからな」

そんなあ……。

思っていても、口にはだせない。

ふう、とため息をつくと、お父さんが明るい声でいった。

「颯太《そうた》、夏休みまではお父さんとふたりでがんばって、休みに入ったら、佐渡島《さどがしま》のおばあちゃんちにお世話にならないか」

「えっ!? 佐渡《さど》のおばあちゃんち?」

「ああ。お父さんは仕事で帰りがおそいし、おばあちゃんはあおいの面倒《めんどう》も見ないといけないから、ずっとこっちにきてもらうわけにもいかないしな……」

お父さんとお母さんは、新潟県《にいがたけん》にある佐渡島の出身だ。

ぼくは生まれたときから東京《とうきょう》に住んでいるけど、夏休みには毎年佐渡へ遊びにいっている。

お父さんの方のおじいちゃんとおばあちゃんは、ぼくが生まれてすぐに亡《な》くなっていて、記憶《きおく》がない。

お母さんの方のおばあちゃんは、三年前におじいちゃんが亡くなってから、ひとり暮《ぐ》らしをしている。

いとこのあおいは、ぼくより一つ年上の六年生の女の子だ。

おじさんは介護施設《かいごしせつ》、おばさんは病院で働いていて、夜勤《やきん》で家にいない日や、ふたりとも帰宅《きたく》が夜おそくなることがある。

だからあおいは、しょっちゅうおばあちゃんの家でごはんを食べたり、泊《と》まったりしている。

だけど……一ヶ月も佐渡《さど》に？

「そ、そっか……しかたないよね……うん……」

自分にいいきかせるようにうなずいたけど、本当は不安で胸《むね》がいっぱいだった。

でも、つかれているお父さんの顔を見ていると、そんなことはいいだせなかった。

2

終業式の日の午後。

おばあちゃんがお母さんのお見舞《みま》いにやってきた。

東京駅《とうきょうえき》までむかえにいくと、新幹線《しんかんせん》を降《お》りる人たちの中に、おばあちゃんが見えた。

大きく手をふって早足で歩いてくる。

「颯太《そうた》、ひさしぶりだね！　まあ、背《せ》が高くなって」

「でもまだおばあちゃんの背は……抜《ぬ》いてないか」

ヒョコッと背のびをすると、おばあちゃんは「そのうち、すぐだっちゃ」とふっくらしたほっぺでわらった。

背すじがのびてて、白いシャツに青いビーズのネックレスが似合《にあ》っている。ショートカットに少し白髪《しらが》がまじっているけど、全然「おばあちゃん」って感じがしない。

病院にいくと、お母さんはいつもより元気がなかった。

「お母さん……颯太《そうた》をよろしくね」

「咲子《さきこ》、だいじょうぶだっちゃ！　わたしも、颯太がきてくれるなんてうれしいんだから」

おばあちゃんがやわらかい声でいうと、お母さんはぎこちなくほほえんだ。

そして、ぼくの目を見ていった。

「颯太……ごめんね……」

「お母さん、ぼくはだいじょうぶだから。お母さんもがんばってね。毎日メールするから」

頭の中で練習していた言葉だけ早口でいうと、お父さんに買ってもらった携帯《けいたい》をお母さんに見せた。


次の日、東京《とうきょう》から新潟《にいがた》まで新幹線《しんかんせん》に乗り、さらにそこからカーフェリーという大型の客船に乗って、おばあちゃんの家がある佐渡島《さどがしま》にむかうことになった。

「ただいまより、佐渡汽船《きせん》　おけさ丸、出航《しゅっこう》いたします」

アナウンスと共に「ジャーンジャーンジャーン」とドラの音が船内に鳴りひびく。

出航《しゅっこう》の合図だ。

ぼくは売店でえびせんべいを買うと、甲板《かんぱん》へ急いだ。

「わあ、もういっぱいいる！」

新潟《にいがた》の白い灯台を背《せ》に、ウミネコがえびせんべい目当てに集まっていた。

何十羽ものウミネコが船の周りをすべるように風に乗り、羽を広げて飛んでいる。

「それっ」

えびせんべいをちぎって、空にむかって投げると、ウミネコがクワッと口を開けてすばやく食いついた。

甲板には、同じようにエサをあげる人たちがたくさん出てきて、ウミネコたちが上へ下へと、まるで航空ショーのように飛びかかっている。

船がゆっくりと進みはじめた。

ぼくは、新潟の方はふりかえらないように、ひたすらえびせんべいを投げつづけた。

エサがすべてなくなって船室にもどろうとすると、だれかがさけんだ。

「あっ、イルカだ！」

えっ？　イルカ!?

海上に目をこらす。

甲板《かんぱん》の人たちが指さしたり、スマホをむけたりしている先を見ると、白い波がいくつももりあがっている場所があった。

目をこらしていると、黒く光る背中《せなか》が水中から現《あらわ》れた。

イルカだ！

「颯太《そうた》、カマイルカが跳《と》んどるねぇ」

後ろからおばあちゃんの声がした。

「カマイルカ？」

「背びれが鎌《かま》のように鋭《するど》いだろ」

ぼくはカマイルカの群《む》れから目がはなせなくなった。

黒く、鏡のように光る背中。シュッとした背びれ。

大きくジャンプすると、白い腹《はら》が光って見えた。

（すごい……あんなに大きいのに、おどっているみたい）

イルカに夢中《むちゅう》になっていると、いつの間にかウミネコの群《む》れはいなくなっていた。
下船のアナウンスの前に、ぼくはまた甲板《かんぱん》に出た。
海をのぞきこむと船の周りには白い泡《あわ》がたちつづけ、すいこまれそうな気分になる。
(海の色が変わった……!)
深い青だった海の色が緑色になった。
姫埼《ひめさき》灯台をすぎ、目の前いっぱいに佐渡島《さどがしま》がせまってきた。
島で一番高い金北山《きんぽくさん》を背《せ》に、港のある両津《りょうつ》の町がぐんぐんと近づいてくる。
(夏休み……だけだ)
ぼくは手すりをぎゅっとつかんだ。
(夏休みがおわれば、また東京《とうきょう》に帰れる。お母さんにも会える)
潮《しお》のにおいが、ツンと鼻をついた。

おばあちゃんの車に乗ると、窓《まど》の外をぼんやりとながめた。

家を出たのが朝の八時だったのに、今はもう午後三時をすぎて、道が西日に照らされている。

「夏休みにずっと颯太《そうた》が佐渡《さど》ですごすなんて、はじめてだなあ」

おばあちゃんがニコニコする。

今まではお母さんの仕事があったから、毎年お盆《ぼん》の五日間くらいしかいたことがなかった。

「なんか、新しいお店できた？」

「うーん。どうかねえ……」

佐渡《さど》は電車が走っていないし、大型ショッピングモールも、遊園地も映画館《えいがかん》もない。

ちょっとしたゲームコーナーやコンビニはあるけど、おばあちゃんの家から歩いていける距離《きょり》にはない。

もちろん友だちもいない。

小さいころとちがって、あおいとも遊ばなくなったし……。

（あれれ。一ヶ月以上いったい何してすごせばいいんだろ⁉）

正直、すっごく不安だけど、おばあちゃんにはいえない。

長いトンネルを抜《ぬ》けると、また日本海が目の前に広がった。

日がかたむいて、海を黄金色《こがねいろ》にそめている。

細い坂道を上った先に、周りを杉林《すぎばやし》に囲まれたおばあちゃんの家が見えた。

「とうちゃーく。颯太《そうた》、おつかれさん」

車を降《お》りると、思いきりのびた。

ヒグラシの声がひびき、土と木のしめった香《かお》りがした。

おばあちゃんちは、車庫のとなりが小さな畑になっていて、キュウリやトマトや、なんだかわからないものがたくさん植えられている。

家はひいじいちゃんが建てたのを少しずつ修理《しゅうり》しながら使っているから、広いけど古い。

「松木《まつき》」と書かれた木の表札を見上げ、カラカラカラと音をたてる玄関《げんかん》の戸を開ける。

畳《たたみ》とお茶のまじったにおいが鼻に入ってきた。

うん、おばあちゃんちのにおいだ。


「じいちゃん、颯太がきたよ」

おばあちゃんといっしょに、亡《な》くなったおじいちゃんの写真がかざられているお仏壇《ぶつだん》の前に座《すわ》って手を合わせた。

台所の木のテーブルに座ると、冷房《れいぼう》をつけていなくても網戸《あみど》から涼《すず》しい風が入ってくる。

ヒグラシの鳴き声に耳をすましていると、おばあちゃんが真っ赤なスイカを切ってくれた。

「さ、甘《あま》くておいしいよ」

スイカをほおばりながら、壁《かべ》の写真をながめた。何年も前からかざってある写真のとなりに、新しい額《がく》がかざられているのに気づく。

あおいが海で泳いでいる写真と、表彰台《ひょうしょうだい》の一番上にのぼって、金メダルを手にしている写真だった。

「おばあちゃん、あの写真、何？」

「ああ、あれは去年の遠泳の大会であおいが優勝《ゆうしょう》したときのもんだよ」

「遠泳……？　そういえば、そんな大会に出るっていってたっけ？」

ぼくはあまり泳げないから興味《きょうみ》がなくて、すっかりわすれてた。

「相川《あいかわ》の海岸を一キロ泳いだんだっちゃ」

「い、一キロ？」

声がひっくりかえる。

「あおいはラクラク泳いどったぞ」

ラクラク……？

はああ。想像《そうぞう》しただけで体が重くなる。

「あれ？ そういえば、あおいは？」

いつもおばあちゃんの家に着くと、出むかえてくれるのに。

あおいは、ぼくのおじさん――お母さんのお兄さんの子どもだ。

上にワタルというお兄ちゃんもいるけれど、年がはなれていて新潟《にいがた》で仕事をしているらしく、ぼくは会った記憶《きおく》がない。

おじさんは、何かと便利《べんり》な下町に新しく家を建て、おばあちゃんとは別々にくらしている。

いっしょに住めるように設計《せっけい》してあるけど、おばあちゃんは、できるだけおじいちゃんと住み慣《な》れた家にいたいらしい。

歩いて十五分くらいの距離《きょり》なので、夏休みに遊びにくると毎日あおいが顔をだしていた。

「あおいは今、塾《じゅく》にいっとるよ。おわったらくるだろさ」

「えっ、塾《じゅく》？」

「あおいは新潟《にいがた》の中高一貫《いっかん》校を受験するんだと」

チューコーイッカン。

またか！

「新潟の学校？　もし受かっても佐渡《さど》から通えないじゃん」

「ワタルが新潟《にいがた》でひとり暮《ぐ》らしをしとるからの。受かったらいっしょに住むといっとったよ」

「へ、へええ……」

なんだか、想像《そうぞう》がつかない。

もう一度、壁《かべ》の写真を見る。

あおいは日に焼けていて、大きな目がきらっと輝《かがや》いている。

「そうだ。おばあちゃんが撮影《さつえい》した大会の動画があるよ。見てみるか？」

「うん、見てみたい！」

おばあちゃんがパソコンを立ち上げて画面をクリックすると、青空と海が広がった。

「第四回　オープンウォータースイミング　ｉｎ《イン》　佐渡《さど》」

銀色のゲートの上にある看板《かんばん》が映《うつ》しだされる。

「オープンウォーター……スイミング？」

「この遠泳の大会のことを、そう呼《よ》ぶらしいよ。オリンピックの種目にもなっとるんだって。知っとったか？」

「知らない知らない。そんな言葉、はじめてきいた」

「遠泳っていうと、隊列組んでみんなそろって泳いだりするけど、この大会は一人ひとりタイムを計《はか》って、順位《じゅんい》も決めるんだと」

「へ、へええ……」

「大人はトライアスロンのスイムの出場資格《しかく》がほしくて出る人も多いんだとさ」

佐渡《さど》でトライアスロンの大会があるのは知ってたけど、遠泳の大会もあったなんて……。

画面の中のあおいは、カメラにむかって白い歯を見せ、手をふっている。

他の女の子とくらべると背《せ》が高く、手足はすらっと長い。

「あおい、余裕《よゆう》だね」

「昔から泳ぎが得意だからなあ」

赤いキャップをかぶったあおいは、スタートの地点から先頭集団《しゅうだん》のトップにいた。

「あおい、最初から優勝《ゆうしょう》ねらってたのかな？」

「あおいのように速い子が前を泳いで、みんなをひっぱる役目もあったらしいっちゃ」

「すごいね……！　ぼくだったら先頭なんて考えられない」

先頭のあおいの泳ぎは、ゆったりとしているのに力強かった。

「みんなついてきて！」といっているような、「だれもついてこさせない！」といっているような、どちらにも見える、ダイナミックな泳ぎだった。

（あおい、すごい……！）

スタート地点の動画がおわり、次をクリックするとゴールシーンだった。

水面から体をだしたあおいは、砂浜《すなはま》を力強くけり、ゴールゲートにむかって走った。

「あおい！　あおいーっ！　がんばれーっ。がんばれーっ」

おばあちゃんがさけぶのと同時に、あおいがゴールゲートをくぐった。

応援《おうえん》の人たちの拍手《はくしゅ》と、出むかえの鬼太鼓《おんでこ》の音が砂浜《すなはま》にひびく。

ドンドドンドドンドン……。

ドンドドンドドンドン……。

「おめでとう～！」

あおいはおばあちゃんのカメラに気づくと、ピースした。

一キロを泳ぎきったばかりなのに、もう息が整っていて、笑顔いっぱいだ。

（信じられない……！　かっこいい……！）

あおいは次々にゴールした友だちの元にかけよっていく。

動画に夢中《むちゅう》になっていると、玄関《げんかん》の戸が開く音がした。

「おじゃましまーす」

「あ、あおいだ」

なぜか、ドキッとして、のどに声がひっかかった。

台所の入り口に現《あらわ》れたあおいは、去年よりも髪《かみ》が長くなり、さらに背《せ》が高くなっていた。

デニムのショートパンツからほっそりとした足がのびている。

「ひさしぶり」

あおいは、ぼそっとつぶやいた。

あれっ？　なんか暗い？

「あ……ひさしぶり」

ぼくも動画を止めてボソボソいうと、おばあちゃんがプッとふきだした。

「なに？　ふたりとも高学年になったからって、照れとんのか？」

去年までのあおいなら「お、颯太《そうた》、元気だった？」なんて声をかけてきて、ニコッとわらうはずなのに……。

「今ね、去年のオープンウォータースイミングの動画を見せとったんだよ」

「ああ、あれね」

あおいは、つまらなそうにつぶやいた。

（やっぱりおかしい）

「あおいの優勝《ゆうしょう》した写真を見たら、颯太も興味《きょうみ》持ったみたいだから……ね」

おばあちゃんはあおいの態度《たいど》をさらっと流して、スイカをだした。

「あっ、そう」

うそっ……。六年生になると、こんなに変わっちゃうのかな？

「あおい、すごく速かったね」
ぼくは、もう一度動画の続《つづ》きを再生《さいせい》した。
あおいはチラリと目をむけただけで、無視《むし》するようにスイカを食べつづけた。
えーっ。
動画の中のあおいとは別人じゃん……。
応援《おうえん》にきていた人たちが、両手を合わせて作ったアーチの下が映《うつ》しだされる。
速かった子も、ふらふらしながら最後に入ってきた子も、みんな最後は笑顔だった。
白い砂浜《すなはま》に太鼓《たいこ》の音と、拍手《はくしゅ》が鳴りひびく。
泳ぎおわった子どもたちは、みんなピカピカに光って見えた。
ぼくはしばらく画面から目をはなせなかった。

「颯太《そうた》、どうだった？」

おばあちゃんがきいてくる。

「す、すごいね……」

ドキドキして、体の奥《おく》から熱いものがこみあげてきた。

動画を止めても、波の音や歓声《かんせい》が耳にひびいている。

一週間前からずっともやもやしていた気もちが、スッコーン！　と海に持っていかれた気がした。

……これだ……！

ズボンをぎゅっとにぎりしめて、声をしぼりだした。

「ぼくも……この大会に出られるかな？」

「ええっ？」

おばあちゃんの声がひっくりかえる。

「颯太、今、なんて？」

「いや、あの、だから……今年もオープンウォーターの大会、あるんでしょ。だったらぼくも出てみたいなって……」

あおいが顔をしかめた。

「……颯太《そうた》って泳げなかったよね？」

「お、泳げるよ！」

心の中で（二十五メートルだけど）とつけ足す。

「この大会、一キロも泳ぐんだよ。むりじゃない？」

そ、そうだった。

思わず目をそらす。

「急にどうしたのんさ？　颯太がそんなこといいだすなんて」

おばあちゃんが包丁《ほうちょう》の手を止めると、ぼくのとなりに座《すわ》った。

「いや……ずっと家にいてもヒマだろうし……せっかく佐渡《さど》に一ヶ月もいるなら、なにか挑《ちょう》戦《せん》してみたいなって思って……」

あれっ……ちがう。

そんな理由じゃない。

……でも、うまく言葉にならない。

「大会まであと二週間ちょっとしかねえのんに、絶対《ぜったい》むりだって」

あおいの口調《くちょう》がだんだん強くなる。

そんなに「むり」ばっかりいわなくてもいいのに……。

「プールで泳ぐのとはちがうしのう。足もつかんし、波もあるし……無茶せんほうがいいんじゃねえか？」

いつもはハキハキしているおばあちゃんも、歯切れが悪い。

「えっ……やっぱ、だめかな……？」

ぼくはチラッとふたりを見た。

せっかくわきあがった気もちがしぼんでいく。

(応援《おうえん》してくれると思ったのに……)

おばあちゃんがやさしくいった。

「オープンウォーターの大会じゃなきゃだめなのんか？」

「だめじゃないけど……」

ゴールした子どもたちの表情《ひょうじょう》が浮《う》かんできた。

優勝《ゆうしょう》した子も、最後にゴールゲートをくぐった子も、みんな同じ笑顔だった。

「……やっぱり、やってみたいんだ」

ぼくはおばあちゃんの目をまっすぐ見た。

「わかったわかった。じゃあ、まだ参加できるかどうか、主催者《しゅさいしゃ》に確認《かくにん》してみるからの」

「えっ、いいの？」

おばあちゃんはにっこりわらうと、さっそく電話をかけはじめた。

「あおいはもう、申しこんでるよね」

ぼくが小さい声できくと、あおいは大きく首をふった。

「うそっ」

「わたし、今年は大会に出ないから」

「えっ……？」

体がかたまる。

あおいは目をふせると、台所から出てそのまま二階へいってしまった。

……な、なんなんだ⁉

「はい、はい……ありがとうございます」

おばあちゃんは電話にむかって頭を下げると、指でマルを作ってみせた。

「颯太《そうた》、オッケーだよ！　もうしめきりはすぎとったけど、特別にまだ受けつけてくれるって」

「あ……ありがとう」

も、申しこんじゃった。

本当に、出るんだ。

なんだか、急に息苦しくなってきた。

「ただ、ちゃんと練習しておくようにいわれたよ。一キロ泳げますか？　ってきかれて、あせったっちゃ」

おばあちゃんが肩《かた》をすくめた。

や、やばい。

動画を見ていたせいか、すっかりぼくでも泳げるような気分になってしまっていた。

実際《じっさい》に連続で泳げるのは、二十五メートルが最高なのに。

体がサアアと冷えていく。

……ひょっとして、とんでもないこといっちゃった⁉

「あれ？　あおいは？」

「二階にいっちゃった」

「ありゃりゃ、どうしたんだっちゃ」

「あおい、なんか雰囲気《ふんいき》変わったよね？」

「……あおいは去年の秋くらいからあんな感じになってしまってなあ」

「何かあったの？」

おばあちゃんは、笑顔を作った。

「颯太《そうた》は気にせんでいっちゃ。それより、練習はどうする？」

「うーん。あおいといっしょに練習できるかな、って思ってたんだけど……」

はあ、やっぱり考えが甘《あま》かったか。

ひとりで海にいくわけにはいかないし……。

おばあちゃんにずっとつきあってもらうわけにもいかない。

「まずは……プールで長い距離《きょり》を泳ぐ練習をしてみるよ」

プールなら、ひとりでもだいじょうぶだろう。

でもそれだけで、海で泳げるようには……。

「遠泳の練習ねえ……」

おばあちゃんは目を閉《と》じたかと思うと、すぐさま手をたたいた。

「そうだ！　なつきにお願《ねが》いしてみよう！」

「な、なつきってだれ？　女の人？」

「ううん。男の子だよ。夏に生きるって書いて、北島夏生《きたじまなつき》っていうんだ」

「北島……夏生くん？」

「そう。女の子みたいな名前だけどね、おばあちゃんの教え子で、泳ぎがすごく得意な男の子だよ。あ、男の子っていっても、もう十七歳《さい》だけどね」

「十七歳って……高校生？」

「ううん。高校はこの春でやめちゃってね。時間があるはずだから……頼《たの》んでみるっちゃ」

「う、うん」

高校やめちゃった？

どんな人なんだろ……？

「さ、つかれたろ。二階にいってちょっと休憩《きゅうけい》せえっちゃ。あ、そうそう。去年のパンフレットがたしか……」

おばあちゃんは引きだしの中をさぐると、大会のパンフレットをぼくに手渡《てわた》した。


ぼくはいつも泊《と》まっている二階の部屋へむかった。

あおいは奥《おく》の部屋にいるはずだけど、気配もしない。

開けっ放しになっているふすまをまたぐと、ミシ、と音がした。

畳《たたみ》のにおいをすいこむ。

ここは昔、お母さんの部屋だったらしい。

お母さんが陸上大会でもらったトロフィーや作文の賞状《しょうじょう》が、今でもかざってある。棚《たな》には、小さいときのぼくをおじいちゃんが抱《だ》っこしている写真もかざられている。

おじいちゃんは今から三年前、小学校の校長先生をやめてすぐに病気で亡《な》くなった。

おばあちゃんも元小学校の先生で、やめてからも、不登校の子どものお世話をしたり、民《みん》生委員《せいい》って仕事をしたりしていそがしくしている。

あおいはおばあちゃんに似《に》てると思うけど、ぼくは悲しいほど似てない。

「おじいちゃん、ぼく、いったいだれに似たんだろうね？」

写真の中のおじいちゃんは、目じりを下げている。

ぼくはトロフィーどころか、運動会のかけっこで三位以内に入ったことすらない。

作文で入賞どころか、学校の漢字テストで七十点とれれば安心するくらいだ。

でも、お父さんもお母さんもぼくにきびしいことをいったりしない。

「元気に育ってくれているだけでじゅうぶんよ」

っていうのがお母さんの口ぐせだ。

網戸《あみど》のむこうから、カナカナカナカナカナ……とヒグラシの合唱がきこえる。

おばあちゃんの家は、車の音よりセミの声が圧倒的《あっとうてき》に大きい。

ああ、佐渡《さど》にきたんだなあって感じがする。

（オープンウォーターか……）

おばあちゃんがくれたパンフレットをめくってみる。

一キロは、丸いサッカーボールくらいの大きさのブイをロープで結んで作ったコースに沿《そ》って泳ぐということがわかった。

「ふう……」

思わず、ため息がもれる。

コース図を見ると、三百メートル、四百メートル、三百メートルの逆《ぎゃく》三角形になっている。

東京《とうきょう》の小学校までは、家から七百メートル、駅までは八百メートルだったはず。

一キロって……駅より遠いってこと?

「やっぱ、むりだよな～」

風が入ってきて、おばあちゃんがかけておいてくれた風鈴《ふうりん》が、チリン、と鳴った。

とつぜん、舌打《したう》ちをしている竜也《たつや》の顔と、ハルの背中《せなか》が浮《う》かんだ。

パンフレットを、ぎゅっとつかんだ。

――ぼくだって、やってみなきゃ、わからない。

もう一度、チリン、と風鈴《ふうりん》が鳴った。
お母さんの顔を思いだそうとした。
白くて、鼻筋《はなすじ》の通った横顔が、浮《う》かんでくる。
でも、ぼくの方を見ていない。
ぼくはぐにゃりと丸めていた背《せ》をのばし、パンフレットをまっすぐにした。

3

翌朝《よくあさ》、階段《かいだん》を下りると目玉焼きのにおいがした。

「あら颯太《そうた》、おはよう。早起きだね」

青汁《あおじる》を片手《かたて》に新聞を読んでいたおばあちゃんが、老眼鏡《ろうがんきょう》をはずした。

「今日、さっそく夏生《なつき》が海にきてくれるっていってくれたよ」

「そ、そう」

食欲《しょくよく》が、一気にぶっとんだ。

おばあちゃんは青汁をぐいっと飲んだ。

なんとか朝食を少しだけ食べて二階に上がると、荷物の中から海水パンツと大きなタオルをひっぱりだした。

（本当に……やるのか？）

引きかえすなら、今だぞ。

ブルブル頭をふると、海水パンツに着替《きが》えて上から短パンをはき、バッグにぎゅっとタオルをおしこんだ。


九時五十分。

おばあちゃんといっしょに、海へむかって坂道を下った。

「ほれ、颯太《そうた》、もうちょっと速く歩かんか」

「う、うん」

足が重い。

体もだるい。

それでも潮《しお》のにおいはどんどん強くなってくる。

待ち合わせは、おばあちゃんの家から歩いて五分くらいのところにある「弁慶《べんけい》のはさみ岩」

の海岸だった。

海から突《つ》き出た大きな岩と岩の間に、くさび型の小さい岩がはさまっているのが「はさみ岩」だ。

「わあ、まだ落ちてない」

毎年、遊びにくるたびに同じことをいうぼくに、おばあちゃんも同じことをいいつづけている。

「昔、佐渡《さど》の弁慶《べんけい》といわれとった力持ちが、鬼《おに》と勝負して岩を投げてはまったんだもん。かんたんには落ちんよ」

岩のむこう側は、白くて丸い石の広がる小さな海岸。

透明《とうめい》な水色とエメラルドグリーンの海が、目にとびこんできた。

「うわあ、きれい……」

いつも遊びにきているのに、やっぱりはさみ岩の海岸を見ると、ため息が出る。

これから遠泳の練習をするのを一瞬《いっしゅん》わすれて、海に見とれてしまう。

駐車場《ちゅうしゃじょう》には車が二台止まっているだけで、波うち際《ぎわ》で小さい女の子とお母さんが遊んでいる。

大会があるのは、この町の中心にある相川《あいかわ》海岸という遠浅《とおあさ》の砂浜《すなはま》だけど、北島《きたじま》くんがおばあちゃんちから一番近い「はさみ岩の海岸で」って指定してきたそうだ。

「あれ、まだきてないのかな」

おばあちゃんはあたりを見回すと「あっ」と海を指さした。

「あそこで泳いどるのがそうかもしれん」

指の方向に目をやると、ゴーグルをつけた男の人が海にもぐるのが見えた。まるで波に乗るように、息つぎもしないでぐんぐんと沖《おき》にむかって泳いでいく。

(速い……！)

背中《せなか》と腕《うで》に光が反射《はんしゃ》している。

まるで、船から見たイルカみたいだ……！

「もしかして、あのボールをとりにいっとるのかも？」

おばあちゃんにいわれて目をこらすと、ピンク色のビーチボールがゆらゆらと浮《う》かんでいるのが見えた。

男の人は沖に流されたビーチボールまでたどりつき、岸にむかってもどってきた。

「あ、あの人が北島《きたじま》……夏生《なつき》くん？」

おばあちゃんはにっこりうなずいた。

色が白くて、ガリガリじゃないけどすらっとしている。

髪《かみ》はちょっと長め。前髪《まえがみ》がゴーグルにかかっている。

（あれれ、なんとなく、マッチョで日焼けしているような人を想像《そうぞう》していたんだけど……）

北島《きたじま》くんは、「わあ」とかけよった女の子に、しゃがんでビーチボールを手渡《てわた》した。

「ありがとうございました。助かりました」

お母さんがお礼をいうと、女の子もぺこりと頭を下げた。

「ありがと！」

北島くんは軽くうなずくと、足早に去ろうとした。

にこにこ見ていたおばあちゃんが、声をかけた。

「夏生《なつき》～！」

北島くんが、おばあちゃんに気づいてこっちへむかってきた。

ぼくたちも、近づいていく。

（わあ）

そばにくると、すごく背《せ》が高かった。

百七十八センチあるお父さんよりも、さらに見上げる感じ。

お父さんみたいにおなかがポヨンとしてなくて、ひきしまってるけど……。

北島《きたじま》くんが少しウエーブのかかった前髪《まえがみ》の間から切れ長の目でぼくを見た。

なんだか、少し眠《ねむ》そうに見える。

ぼくは思わず後ろに一歩下がった。

「夏生《なつき》、この子が孫《まご》の颯太《そうた》、よろしくね」

「……こ、こんにちは」

緊張《きんちょう》して、声が小さくなる。

北島くんはちらっとぼくを見ると、軽くあごをひくようにうなずいた。

そしてすぐに頭をふって、ぬれた髪のしずくをはらいだした。

えーっと……。

ぼくはT《ティー》シャツのすそをモゾモゾとつかみながら、北島くんを見た。

視線《しせん》があったと思うと、北島くんはすばやく目をそらして、チラチラと海の方ばかり見ている。

うわ……どうすればいいんだろ。

「これこれ、ふたりともあいさつやり直し！」

おばあちゃんが先生っぽくいった。

「いっ、入江《いりえ》颯太《そうた》です。よろしくお願《ねが》いします」

ぺこっと頭を下げた。

「うっす」

北島《きたじま》くんもぼそっというと、おばあちゃんとぼくを見くらべた。

「似《に》とらんね」

「ふふ。顔はね。どんぐりみたいな目がかわいいでしょ」

顔はね、って、中身も似てないんですけど……。

しかもどんぐりとか、かわいいとかさ、ぼくもう小五なんだけどな。

「おれ、何すればいいわけ？」

北島くんはめんどくさそうにいうと、しゃがみこんだ。

「きのう電話でお願《ねが》いしたでしょ。颯太《そうた》がオープンウォーターの大会で一キロ泳げるように、面倒《めんどう》見てあげてほしいの」

おばあちゃんがぼくの肩《かた》にふんわりと手をおく。

「つーかおれ、水泳なんて教えたことねえし」

北島《きたじま》くんはきこえないくらいの低い声でいうと頭をかいた。

あれっ……引き受けてくれたんじゃなかったの？

「夏生《なつき》ならできるよ。水泳得意だったでしょ」

「自分が泳ぐのとちがうし」

北島くんはふーっとため息をついた。

「おれじゃ、やっぱむりじゃね？」

「まあまあ、面倒見のいい夏生くん、頼《たの》んだよ」

北島くんは、目を細めてしかたねえなあ、って顔をした。

そして大きなあくびをすると、ポキポキ首を鳴らした。

えーっ……。

全然、やる気ない？　本当にこの人に教えてもらうの……？

北島《きたじま》くんは、とつぜん立ちあがると海に体をむけた。

そして、まぶしそうな目でぼくを見た。

「じゃあ……いってみっか？」

「えっ、あ、」

まだ心の準備《じゅんび》が。

北島くんが「んっ？」って顔をする。

やる気ないのは……ぼくの方か。

とたんに全身がすうっと冷たくなる。

本当に、だいじょうぶかな。あんまりにも泳げないから、怒《おこ》られたり、しないかな。

北島くんはうすいくちびるをぎゅっと結んでぼくを見下ろしたまま、何もいわない。

やっぱり……ちょっとこわいな。

思わずおばあちゃんをふりかえると、波打ち際《ぎわ》から少しはなれた岩陰《いわかげ》にビニールシートをしいている。

北島《きたじま》くんは指もポキポキ鳴らしてぼそっといった。

「黄色い魚、おるぞ」

「えっ、黄色い魚？」

「見てみるか」

「でもぼく、浮《う》き輪《わ》なしで海にもぐったこと……ないんです」

「マジで？」

小さくうなずく。

きっとわらわれる。

目をふせると、北島くんはぼくの二《に》の腕《うで》をつかんだ。

北島くんの手の温度が伝わってくる。

「おれが、支《ささ》えとくから」

目線を上げた。

「やってみっか」

北島くんは、わらっていなかった。

少し茶色のスッとした目で、まっすぐぼくを見ている。

ぼくは、こくっとうなずいた。

T《ティー》シャツと短パンをぬぐと、太陽で体がすぐに熱くなってきた。

「アチ、アチ」

石で足の裏《うら》がこがされそうだ。

海は透《す》きとおり、水中の海草がゆれている様子まで見える。

入道雲が、水平線の上に浮《う》かんでいた。

波打ち際《ぎわ》に平らで大きな岩があり、そこを通らないと深い海には入れない。

海風がふき、ほてってきた体をなでる。

潮《しお》のにおいで胸《むね》がいっぱいになる。

（よしっ）

そろりそろりと海に足を入れた。

「ひゃ、冷たっ！」

ようやく岩から両足をはなして海に浮かぶと、顔を上げたまま北島くんの手につかまった。

北島《きたじま》くんは、何もいわないで自分の真下を指さした。

思いきって体を前のめりにして、海に顔をつけてみる。

（うわあ……！）

海の中は、青く、透《す》きとおっていた。

岩についた深緑の海草がゆれる。

水中の泡《あわ》が浮《う》かびあがる。

銀色のビーズが水の中にちらばっていくみたいだ。

（わあ……魚だ……！）

北島くんの足の周りを、五センチくらいの魚の群《む》れが泳いでいた。

銀色のが何匹《なんびき》も何匹も。

おなかが丸いやつもいれば、まだ小さい赤ちゃんみたいな魚もいる。目がキョロキョロ動いているのまではっきり見える。

少しでも長く魚を見ていたくて、息を細く長くはいた。

苦しくなって顔を上げると、北島《きたじま》くんがぼくの手を持ちあげて、肩《かた》につかまらせてくれた。

「見えた？」

ぼくはコクコクうなずいた。

「あれ、子どものフグ」

「フグ、って、あのフグ……!?」

「そう。さっき、黄色に黒いシマシマのやつもおったぞ」

「えっ、そんなのも、いるの？」

ぼくはもう一度海の中をのぞくと、思いきって北島くんから手をはなした。

（それっ）

足をバタバタさせると、岩の陰《かげ》からフグの群《む》れにまぎれるように、黄色いものが動くのが見えた。

黄色と黒のシマシマだ……！

水中を、ひらりひらりと飛ぶように泳いでいる。

（海の中のチョウみたいだ……）

見とれているとシマシマは岩のむこうに消えてしまった。

プハーッと顔を上げる。

「見えたか？」

ぼくは大きくうなずくと、北島《きたじま》くんの腕《うで》につかまった。

「浮《う》き輪《わ》なくても泳げるじゃん」

「あっ……ほんとだ……！」

魚に夢中《むちゅう》になっていたら、いつの間にか泳げてた！

「じゃ、魚つかまえるぞ」

「ええっ？　つかまえる？」

北島くんが岩にぼくをひっぱりあげた。

「ちょっと待ってろ」

北島くんはあっという間に浜《はま》においてあった網《あみ》を持ってきた。

（ええっ。本当につかまえるつもり……？）

網《あみ》を自分の腕《うで》のようにすっと海の中に入れると、北島《きたじま》くんは海中にもぐった。

ぼくもあわてて追いかける。

北島くんはすばやくチビフグの群《む》れの進む方向に体を持っていき、網を群れにむけた。まるで魚のように、北島くんの体もしなやかに動く。

(北島くん……すごい)

あっ、網に魚が入った！

「よし、今みたいにやってみて」

北島くんは海面に出ると、ぼくに網を渡《わた》してきた。

「えっえっ、む、むりだよ」

「だいじょうぶ。まかせろ」

ぼくは大きく空気をすうと、網をにぎりしめ、もう一度海にもぐった。

チビフグが見える。

しかもシマシマがいっしょに泳いでる！

思いきりバタ足をして追いかけた。

でも網《あみ》をむけると、魚たちは急にすばしこくなって、深いところへ逃《に》げていく。

（こんなの、どうしたらつかまえられるんだよーっ）

「ブハーッ」

顔を水面に上げて北島《きたじま》くんの腕《うで》につかまる。

「おしいな。もうちょっとゆっくり入れてみ」

「おしい？　ほんと？」

胸《むね》はまだ苦しかったけど、大きく息をすいこんだ。

今度は北島くんが反対方向からもぐって、魚の群《む》れをぼくの方へむけてくれた。

びっくりさせないように、そーっと網を入れる。

あっ！　シマシマもやってきた！

今だ！

網をのばした瞬間《しゅんかん》、大きい波に体がぐわーっと持っていかれた。

（…………！）

岩にぶつかり、背中《せなか》にショックが走る。

海水が大量に口から入ってきた。

のどが熱い。息が苦しい。

夢中《むちゅう》で手をふり回して、何とか岩の上にはいあがった。

「……いったあ……」

網《あみ》をにぎりしめたままだったから、右手が岩にすれて血が出ていた。

背中《せなか》ものどもヒリヒリする。

「ゲホッ、ゲホッ」

「だいじょうぶか？」

北島《きたじま》くんが声をかけてきても、うなずくことしかできない。

「シマシマはいっとるぞ！」

「えっ？」

網を引《ひ》き寄《よ》せてのぞくと、そこには黄色に黒のシマシマの魚がはねていた。

「うわあ……！」

「やったな」

「すごい……！」

本当にぼくがとったの？

シマシマが逃《に》げないように気をつけながら、岸に上がった。

そして、おばあちゃんの持ってきてくれたバケツにシマシマをそーっと入れた。

北島《きたじま》くんが海草もいっしょに入れてくれて、バケツは小さな水族館みたいになった。

「颯太《そうた》、はじめてなのにイシダイをゲットするなんて、たいしたもんだっちゃ」

おばあちゃんが感心したようにぼくを見つめた。

ドキドキして、小さいバケツの中をのぞきこむ。

「イシダイかあ……」

イシダイは「ここはどこだ？」というように、ひらりひらりと動く。

動くたびにうろこが太陽に反射《はんしゃ》してキラッ、キラッ、と光る。

こんなにきれいな魚が、海の中にはいっぱいいるんだ……。

北島くんがぼくのとなりにしゃがみこんだ。

長い足を折りたたむように曲げて、ひざの上にあごを乗せるとじっとバケツの中をのぞきこんでいる。

ちらっと顔を見ると、魚の動きに合わせて目を動かすのに夢中《むちゅう》になっている。

しばらく北島《きたじま》くんと魚を見くらべていると、ようやくぼくの視線《しせん》に気がついたのか、顔をくしゃっとさせた。

あ、北島くんがわらったの、はじめて見た……！

なぜか、すごくほっとした。

「北島くん、あの」

「夏生《なつき》でいいから」

北島くんは、かすれた声でつぶやくと頭をかいた。

「あの、あの、夏生……くん……」

ありがとう、といいかけるとうしろからあおいの声がした。

「おばあちゃん」

ふりかえると、あおいが保冷《ほれい》バッグをおばあちゃんにさしだしていた。

今日はたしか、終業式だったはず。

「お弁当《べんとう》をおきわすれるなんて、おばあちゃんらしくないじゃん」

「失敗失敗。あおい、ありがとね。助かったよ」

おばあちゃんは肩《かた》をすくめながら、保冷《ほれい》バッグを受けとった。

「あおい、こちらが颯太《そうた》のコーチをしてくれることになった北島夏生《きたじまなつき》くん」

あおいは「こんにちは」とつぶやくと少しだけ頭を下げた。

「あおいが小一のとき、小六だったんだよ。知っとるかな?」

「おれ、おぼえとるよ。まっちゃんの孫《まご》だし。顔似《に》とるし」

夏生くんが答えると、あおいは表情《ひょうじょう》を変えずに首をかしげた。

「あ、まっちゃんに似とるっていわれてもうれしくねえ?」

「なに〜っ。失礼だねえ」

おばあちゃんが夏生くんをぶつマネをする。

夏生くんがひょいっとよけると、あおいがようやく少しわらった。

「あおいもいっしょに食べていかんか?」

プイッと帰ってしまうんじゃないかと思ったけど、あおいはすました顔をしてシートに座《すわ》った。

おばあちゃんがバッグから手作りおにぎりをだした。

夏生《なつき》くんは丸ごと飲みこむように食いついた。

「まっちゃんのおにぎり、ごはんにも味がついててうめえな」

「わかる？　ごはんにも、うめぼしの汁《しる》をつけてあるんだよ」

「あー、小学校でも給食のごはんが余《あま》ったらもったいねえって、よくおにぎり作ってくれとったよね」

ぼそぼそしゃべっていた夏生くんの声が大きくなった。

「夏生が一番食べとったねえ。こっちのおかずも食べっちゃ」

おばあちゃんはなつかしそうにほほえむと、タッパーを開けた。

「すげえ」

キュウリとナスの漬物《つけもの》に、トマトのマリネ。

カボチャの煮物《にもの》、焼きトウモロコシ、イカ焼きマヨネーズ、ピーマンの肉詰《にくづ》め。

いろんなものがぎっしりつまってる。

「うちの畑のキュウリとナスとトマトだよ。また夏生《なつき》もとりにこいっちゃ」

おばあちゃんはニコニコしながら、夏生くんの皿に次々と食べ物をのせると、ぼくをのぞきこんだ。

「颯太《そうた》は？」

「う、うん……」

おいしそうなお弁当《べんとう》なのに、ぐったりして食《しょく》欲《よく》がわかない。

体がビニールシートにしずんでいくみたいだ。

海に入っていただけなのに、こんなにつかれるなんて……。

あおいは無言で食べつづけ、ずっと海を見つめていた。

（また……泳ぎたいって思わないのかな？）

気になるけど、口にはだせない。

なんとかおにぎりを食べようとすると、防砂堤《ぼうさてい》の方から子どもたちの声がした。

「あれっ、松木《まつき》？」

「えっ……あおい？」

ふりかえると、ガッチリした水着姿《すがた》の男の子と、水着の上にT《ティー》シャツを着た女の子がふたり立っていた。

みんな、こんがり日焼けしている。

あおいはちらっと目をむけるとけわしい表情《ひょうじょう》になり、また海の方に顔をもどした。

もしかして、あおいのクラスメイトなのかな……？

「……ねえ、やっぱり場所変えない？」

小柄《こがら》で目の大きな女の子がいうと、もうひとりの女の子もうなずいた。

ヒソヒソ話しながら、逃《に》げるようにもどっていく。

「おーい、どこいくんだよーっ」

男子がそのあとを追いかけた。

あおいは声が遠くなるとようやくふりかえり、「はあっ」とため息をついた。

おばあちゃんは何もなかったように「颯太《そうた》、何か食べられるか？」とタッパーをぼくの方へ寄《よ》せてきた。

すると体格《たいかく》のいい男子がひとりでもどってきて、あおいに話しかけた。

「なあ、松木《まつき》」

「……なに？　健斗《けんと》」

あおいはいつも以上に愛想《あいそ》がない。

でも、やっぱりクラスメイトみたいだ。

「おまえ、本当に大会出んのんか？」

「出んよ」

あおいはきっぱりといった。

「なんだよ、勝ち逃《に》げかよ。今年はおれに負けそうだからって、逃げてんじゃねえよ」

「……なにいっとるのんや？」

「わかっとるって。おれに負けるのがくやしいんだろ」

「はあ？」

あおいが首をかしげると、「健斗《けんと》、はやくー」と、岩のむこうから女の子の声がした。

「つーか、本当のことというと、松木《まつき》がおらんと、遠泳練習がイマイチしまらんのんだけど」

健斗という男の子は、頭をかいた。

「そんなこと思っとるの、健斗だけだって。理奈《りな》も舞美《まいみ》もいっちゃったじゃん」

健斗は手に持っていたタオルを、ブンブンふりまわした。

「みんな、本当は松木にも練習きてほしいと思っとるって」

「……」

あおいは何もいわずに健斗から目をそらした。

「じゃあ、おれに勝てる気になったら、遠泳の練習にこいよな」

「だから、いかないって」

「気が変わるかもしれんじゃん？」

健斗は、あおいのキツイ口調にさっぱり返すと、岩のむこうへもどっていった。

今のやりとりをきいているだけで、クラスでのあおいの立場がなんとなくわかった。胸《むね》が石をつめられたみたいに苦しくなる。

「あおい……やっぱり大会には出ないの？」

思いきってきいてみる。

「……受験勉強したいから。時間がないの」

ぼくはあせっていった。

「で、でもあおいなら、練習しながら勉強もできるんじゃない？」

「そんなにかんたんにいわんでよ。ずっと東京《とうきょう》に住んどる颯太《そうた》にはわからんよ。佐渡《さど》にいて新潟《にいがた》の中学を受験する大変さなんて……」

「そ、そうなの？」

「それに、大会の日、わたし、新潟で模試《もし》を受けるの。新潟の塾《じゅく》じゃないと、受けれんの」

あおいが何かに意地になっている気がした。

きっと受験だけじゃなくて、さっきの子たちと関係があるんだろうけど……。

おばあちゃんは、チラチラぼくたちを見ているけど、口をはさんでこない。

ぼくがだまりこむと、夏生《なつき》くんがバケツを持ってきた。

「シマシマ、逃《に》がしてやろうか」

「う、うん」

そろりそろりと、岩の上を歩く。岩のはじまで近づくと、バケツを受けとった。

シマシマは、まだ元気に泳いでいる。

ぼくがつかまえた、最初の魚。本当はおばあちゃんちに持って帰りたい。

夏生くんがぼそっといった。

「また、明日もつかまえるか。この海岸はきれいな魚がいっぱいおるから」

そーっとバケツをかたむけると、気もち良さそうにシマシマは海へもどっていった。

「けっこう長い時間もぐれとったな」

「えっ、そう……かな？」

夢中《むちゅう》になっていて気がつかなかった。

「颯太《そうた》、明日はもうちょっと泳いでみっか」

はじめて、名前でよばれた。

心臓《しんぞう》が、トクントクンと鳴りだす。

ぼくは夏生《なつき》くんの目を見ると、大きくうなずいた。

海の中の夏生くんは、魚みたいだった。

本当に、かっこよかった。

ぼくも、あんなふうに泳いでみたい。


おばあちゃんちにもどると、あおいがバッグを持って玄関《げんかん》にむかった。

「わたし、塾《じゅく》にいってくるね」

「あおい、頭いいのになんでそんなに勉強がんばるの？」

あおいは大きなため息をつくと、バッグから一枚《まい》の紙を渡《わた》してきた。

「……颯太、これ見て」


数字やアルファベットがいっぱい書いてある。

「なにこれ？」

「模試《もし》の結果。志望《しぼう》している新潟《にいがた》の中学校の、合格率《ごうかくりつ》」

N《エヌ》大学付属《ふぞく》中学校　合格率30%《パーセント》　判定《はんてい》D《ディー》
私立《しりつ》N中央中学校　合格率50%　判定C《シー》
ぼくが首をひねっていると、あおいがつぶやいた。

「かんたんにいうと、全然ダメってこと」

「うそっ。あおいでも!?」

「そう。新潟で模試を受ければ、こんなもんなんだよ」

あおいがくやしそうに顔をゆがめる。

そういえば、前にお母さんが「佐渡《さど》には大学も、有名な進学塾《じゅく》もないから、受験勉強が大変だった」みたいなこと、いってたっけ?

「佐渡の中学校じゃだめなの?」

「だめ……じゃない……けど……」

「あおいは、夢《ゆめ》があるんだよね」

言葉につまったあおいを助けるようにおばあちゃんがいった。

「夢？」

「おばあちゃん、いわないでよっ」

あおいはバッグを持ちなおすと「もう間に合わないから」といってバタバタと玄関《げんかん》から出ていった。

「おばあちゃん、あおいの夢って？」

「そのうちあおいが自分で教えてくれるんじゃねえかな？」

「えっ、そうかな……」

「それより颯太《そうた》、どう？　夏生《なつき》と練習をつづけられそう？」

「う、うん」

「そうか。良かった」

おばあちゃんはほっとしたようにほほえんだ。

「そういえば、昨日《きのう》、颯太もお母さんにメールしたか？」

「あ……わすれてた」

「オープンウォーターの大会に出ること、いうのんか？」

おばあちゃんが携帯《けいたい》を持ってきた。

お母さんの青白い顔が浮《う》かんできた。

「きっと……お母さん、すごく心配するよね」

ぼくがつぶやくと、おばあちゃんがうなずいた。

「咲子《さきこ》は、颯太《そうた》がかわいくてしかたないからね」

「……もうちょっと、考えてからにする」

おばあちゃんは、わかった、というようにうなずいた。

「ぼくからメールするから、それまで教えないでね」


二階の部屋に上がり、畳《たたみ》の上に大の字になった。

岩にぶつかった背中《せなか》が、少し痛《いた》い。

まだ体が海の中でゆれているような気がした。

今日は楽しかったけど、こんな感じで本当に一キロも泳げるようになるのかな……？
波の音が、耳の奥《おく》でひびく。
ザーンザザーン……。ザーンザザーン……。
閉《と》じかかった目のはしに、携帯《けいたい》の着信ランプが光っているのが見えた。
「あ、メール……」
机《つくえ》の上におきっぱなしにしていた携帯に手をのばす。

「颯太《そうた》へ
佐渡《さど》にぶじに着いたとおばあちゃんからメールがきました。
つかれていないかな？　お母さんは、元気だからだいじょうぶだよ。
颯太《そうた》も、佐渡《さど》で楽しくすごしてね。
お母さんより」

本当は昨日《きのう》、ぼくはメールをわすれたわけじゃなかった。

携帯《けいたい》を開けたら、お母さんに思わず電話してしまいそうで、こわかったんだ。
畳《たたみ》にゴロゴロしながら携帯を開いたり閉《と》じたりして、ようやく、これだけ打った。
「お母さん、元気？　ぼくは元気だよ。
今日は海にもぐってイシダイをつかまえたよ」
はあっ、と息をついてから、つづけて入力する。
「ぼく、オープンウォーターという遠泳の大会に」
書きかけて、やっぱり削除《さくじょ》した。

4

「いたたた……」

翌日《よくじつ》の朝。起きると、全身筋肉痛《きんにくつう》になっていた。

しかも背中《せなか》も腕《うで》も日焼けで痛《いた》い。

「日焼け止めをぬったのにねえ」

おばあちゃんはぼくの背中のかすり傷《きず》をよけながら、また日焼け止めをぬってくれた。

「ひゃあ」

ヒリヒリして、思わず体がよじれる。

「こりゃ、この夏でいい色になりそうだ」

おばあちゃんはふふっとわらい、パンとぼくの肩《かた》をたたいた。

サンダルをはいたぼくに、おばあちゃんが声をかけた。

「颯太《そうた》……夏生《なつき》をよろしくね」

「えっえっ？　逆《ぎゃく》じゃない？」

「ありゃりゃ、そうだ。逆だね。逆」

おばあちゃんは目じりにしわをよせてわらった。


「おそいなあ」

十時にはさみ岩で待ち合わせているのに、十五分になっても夏生くんがこない。

太陽がどんどんのぼり、岩陰《いわかげ》にいても暑くなってきた。

「一度帰ろうかな……」

バッグを持ちあげたとき、「ふぁ〜」とあくびをしながら夏生くんが現《あらわ》れた。

昨日《きのう》と同じような黒いT《ティー》シャツに穴《あな》のあいたジーンズをはいて、だるそうに歩いてくる。

ぼくに気づくと、「わり、わり」といって寝《ね》ぐせのついた頭をかいた。

（うーん、やっぱり、だいじょうぶなのかな……？）

「じゃ、やるか」

夏生《なつき》くんがT《ティー》シャツをぬごうとした。

でも、肩《かた》のあたりで動きがにぶくなる。

どうやら、夏生くんも日焼けが痛《いた》いみたいだ。白い肩と背中《せなか》が真っ赤になっていた。

「いってえな。お前は？」

ぼくはあわててTシャツをぬいだ。

「ぼくも」

夏生くんはニヤッとわらうと、ぼくの肩をパンとたたいた。


岩から海に入ると、夏生くんがぼくの手をつかんだ。

「昨日《きのう》はもぐれたから、今日は浮《う》く練習してみっか。そのまま、あおむけに浮かんでみな」

「えっ、あおむけに……浮かぶの？」

立ち泳ぎをしながらきく。

「やっぱり、やったことない？」

コクコクうなずく。

「背中《せなか》、支《ささ》えてやるからだいじょうぶだよ」

「えーっ。鼻から水入るでしょ……」

「だいじょうぶ、だいじょーぶ！」

岩から少しはなれたところで、夏生《なつき》くんがぼくの背中に両手を回した。

「じゃ、足、上げてみて」

「こ、こわいよ」

「だいじょうぶ！」

夏生くんがぼくの背中を支えて足を持ちあげた。

顔に海水がかかって、すぐに鼻をつまむ。

「鼻、つままなくてもだいじょうぶだから」

「水が入るもん」

夏生くんが、ぼくの背中から片手《かたて》をはなした。

「ギャッ。はなさないでっ」

ぼくはあわててバシャバシャとキックを打ち、体をひねって夏生くんにしがみついた。

「だいじょうぶだよ！　しずまないから。もっとあごを上げて、頭のてっぺんを水面につけるんだ」

ほんとに……？

あごをそーっと上げる。

頭のてっぺんがひんやりとして、海水につかったのがわかる。

おそるおそる体の力を抜《ぬ》く。

夏生《なつき》くんが、そっとぼくの背中《せなか》から手をはなした。

海に体をまかせると、波がふわっと体を持ちあげてくれた。

（う、浮《う》いた……！）

鼻をつまんでいた指をはなす。

「フーッ」

鼻で息ができた！

そーっと両手を広げて大の字になってみる。

ちゃんと、背中も足もしずまない。

「ぼく、う、浮《う》けてる?」

「バッチリ!」

浮けた……!

できたーっ……!

「太陽は見るなよ」

夏生《なつき》くんにいわれなくても、まぶしすぎて目が開けられない。

片目《かため》をそろそろと開けると、きれいな空色と大きな入道雲が目に入りこんできた。

潮風《しおかぜ》がスーッとふいて、波で体がユラン、ユランと動く。

うそみたい。うそみたい。

すごく気もちいい……。

夏生くんも、ぼくの横であおむけになった。

「大会のときも、つかれたらこーやって浮《う》かんで休めばいいんだよ」

「そんなことしてもいいの？」

ちょっと夏生《なつき》くんの方を見ようとしたとたん、体がズブッとしずんで鼻と口に海水が入ってきた。

のどまで広がり、鼻がツーンとする。

夏生くんがぼくの背中《せなか》をぐっと支《ささ》えた。

「もういっぺん、力抜《ぬ》いて」

「うん」

ドキドキをしずめるように、浅く呼吸《こきゅう》する。

——また、きっとできる。

あごを上げる。頭のてっぺんを水につける。

今度は自分で足を上げて、体の力を抜《ぬ》いた。鼻から指をはずす。

「できた……！」

「やるじゃん」

夏生《なつき》くんの声がはずむ。

さっきとちがうドキドキが止まらなかった。


泳ぎおわると、おばあちゃんが持たせてくれたおにぎりをいっしょに食べた。

夏生くんは昨日《きのう》と同じように、バク、バクと二口くらいでおにぎりを飲みこんだ。

「お前、食べねえの？」

「なんか……食欲《しょくよく》が……」

泳いでいるときは夢中《むちゅう》でも、浜《はま》にあがると体がぐったりする。

「もったいねえなあ。うめえのに」

夏生くんはトマトを口にほうりこんだ。

「なんで、オープンウォーターの大会になんて、出ようと思ったわけ？」

「おばあちゃんの家で……あおいの、あ、昨日《きのう》お弁当を持ってきたぼくのいとこなんだけど
……去年の大会に出ている動画を見たら、かっこいいなあって思って……」

「二十五メートルしか泳げないのに、よく決心したな」

「泳げないから……だよ」

「？」

夏生《なつき》くんが不思議そうにぼくの顔をのぞきこんだ。

「あの大会、順位《じゅんい》はつくけど、泳ぎきった子は、みんないい顔してたから。勝負だけじゃないのかな、って思ったから……」

「そっか。そうだな」

ふっと目を細めて夏生くんは麦茶《むぎちゃ》を飲んだ。

「夏生くんは……なんであんなに自由自在《じざい》に泳げるの？」

ぼくがきくと、夏生くんは海を見つめた。

「おれは……漁師《りょうし》の息子《むすこ》だから」

「へえ、お父さん、漁師さんなの？」

「漁師……だった？　かな？」

夏生くんは、はぐらかすように首をかしげた。

「小さいころから、遊び場は海だったし。沖《おき》に出た船から飛びこんだりとか」

「へええ……」

お父さんのことが気になったけど、なんていっていいのかわからない。

一瞬《いっしゅん》、会話がとぎれると、夏生《なつき》くんはまたおにぎりに手をのばした。

「まっちゃんって、おれが小六のときと全然変わんねえな」

「そうなの？　青汁《あおじる》、飲んでるからかな……」

夏生くんはブッとふきだした。

「おばあちゃん、お母さんより元気だよ」

夏生くんはぼくを見つめると、また麦茶《むぎちゃ》をごくっと飲んだ。

「そっか。母ちゃんが入院しとるから佐渡《さど》にきたんだっけ」

「うん。赤ちゃんが生まれるのは来年なんだけどね」

「へえ……十一歳《さい》ちがいか……すげえな」

「もう、生まれないと思ってたんだけどね」

今でも、まだ実感がわかない。

「夏生くん、兄弟いる？」

首をふると、夏生《なつき》くんはぼそっといった。

「母ちゃんはおれが中一のとき出ていったし」

「えっ」

「今は、ばあちゃんとくらしとるんだ」

思わず夏生くんの顔をのぞきこんだけど、髪《かみ》で表情《ひょうじょう》がよく見えない。

「ごちそうさん！　じゃ、帰るか」

夏生くんがいって、ぼくも立とうとすると、体がズシッと重くなってよろけてしまった。

「だいじょうぶかよ～」

夏生くんはぼくの腕《うで》を持つと、引きあげてくれた。

「泳ぐ前に、もっと体力つけた方がいいんじゃねえか？」

「は、ハハハ」

わらってごまかす。

泳ぐだけで精一杯《せいいっぱい》。

これ以上、体力作りなんて、むり。

5

練習三日目。

土曜日のせいか、昨日《きのう》までより海水浴客《かいすいよく》が増《ふ》えた。

水平線には入道雲が浮《う》かび、カラフルなパラソルが日ざしをはねかえしてまぶしく光っている。

「じゃあ、今日からちゃんと平泳ぎの練習やるか。ちょっと泳いでみ」

「うん」

返事は元気にしたものの、前に進もうとすると波がきて、口に海水が入ってくる。

入らないように思いきりあごを上げると、おしりが下がって、手も足もバラバラになる。

キックを打っても打っても、進んでいる気がしなかった。

（こんなんじゃ、一キロも泳げないよ……）

泣きたくなりながら休憩用《きゅうけいよう》の浮《う》き輪《わ》につかまると、夏生《なつき》くんがいった。

「颯太《そうた》、『あおり足』になっとるぞ」

「えっ、『あおり足』って……?」

「足の甲《こう》で水をけってしまっとること。甲じゃなくて、足の裏《うら》で水をけるんだ。足首をよく曲げて」

夏生くんは岩の上に立つと、ぼくの両足を持ってキックの形を教えてくれた。

「颯太、足首かたいな~」

夏生くんは冷《ひ》やかしながらも、根気強く形を作ってくれる。

「ひざはそんなに開かなくていいから、キックした後に足先をのばすんだ……そう、もっとのばして……」

何度もくりかえしていると、なんとなく足の裏で水をキックする感覚がつかめてきた。

「よーし、良くなってきた! じゃあ、もういっぺん泳いでみ」

「うん」

「イーチニッサーンシッのリズムが大事だぞ」

夏生《なつき》くんが、平泳ぎをはじめた。

イーチで力強くキック。

ニッサーンは、のびたまま。

シッですばやく水をかいて息つぎをし、足をおしりにひきつける。

「あせって、すぐに手をかかないで、サーンでゆーっくりのびるんだぞ」

夏生くんはたった一回のイーチニッサーンシッでうそみたいに海を進んでいく。

夏生くんに浮《う》き輪《わ》をわたすと、さっきの感覚をわすれないように気をつけながら泳いだ。

イーチニッサーンシッ……。

イーチニッサーンシッ……。

前に進んだ夏生くんがふりかえって手招《てまね》きをした。

「颯太《そうた》、ここまでがんばってー。サーンでもっとガマン！」

サーン……！

がまんがまんがまん……。

すぐに手をかかないとおぼれる気がしてあせったけど、夏生くんのいうとおりに、しばらく全身をのばした。

すると、しずんでいた腰《こし》が浮《う》きあがってきて、体がまっすぐになった。

下向きだったキックが、ちゃんと後ろにむかっている気がした。

あっ……さっきより、ラクに進んでる！

「颯太《そうた》、いいぞ！　すっげえ速くなっとるじゃん！」

「うんっ」

いつもボソボソしゃべってる夏生《なつき》くんがさけんだ。

その声がききたくて、ひたすら夏生くんを追いかけた。


浜辺《はまべ》に上がると、夏生くんが右足を少し上げて、左足でケンケンをするように歩きだした。

「夏生くん……どうしたの⁉」

「別に。ちょっと足裏《あしうら》切っただけ」

「だ、だいじょうぶ⁉」

「たいしたことねーって」

シートに座《すわ》って夏生《なつき》くんの足を見ると、思ったよりざっくりと切れていた。

「うわっ……痛《いた》そう……ごめんね、ごめんね」

ぼくはすぐにタオルで夏生くんの足裏《あしうら》をおさえた。

「だいじょーぶだって。タオル汚《よご》れるから、いーって」

きっと、岩の上でぼくの足を持って練習してくれていたときに切ったんだ。

なのに、何もいわないで……。

ぼくは、力を入れてタオルを足裏にくっつけた。

「かえって痛《いて》えし」

夏生くんがハハッとわらった。


しばらく休憩《きゅうけい》した後、夏生くんがじっとぼくを見ていった。

「今日はこれでおわりにして、となりの漁港にいってみないか?」

「えーっ……」

「たいしてはなれてねえよ。もっと体力つけた方がラクに泳げるぞ」

「夏生《なつき》くん、足痛《いた》いでしょ。いいよいいよ」

本当は、ぼくもキツイって思ってるけど……。

「もう血、止まったから。いいもん、見せてやるし」

「えっ……いいもん？」

「じゃ、いこうぜ」

夏生くんが、いたずらっこのようにわらった。


ジーウジウジウジウジウ。

ジーウジーウ、ジャワワワワ……。

あ、暑い。佐渡《さど》のセミって、絶対東京《ぜったいとうきょう》より元気だ。

汗《あせ》をぬぐう。

ぼうしをかぶっているのに、頭がジンと痛《いた》くなってきた。

岩の突《つ》き出ている海岸線をひらすら歩く。

「見えたぞ」

夏生《なつき》くんの声で顔を上げると、カーブした道のむこうでU《ユー》字型に曲がっている漁港が見下ろせた。

夏生くんが、足を速めた。

ぼくも、汗《あせ》をぬぐって、とにかくついていく。


漁港が近づくと、しょっぱいにおいがたちこめていた。

「わわっ」

港に出ると、まっさきにイカが目に飛びこんできた。

網《あみ》の台の上に寝《ね》かされた、何百のイカ、イカ、イカ。

「うわーっ、なにこれっ？」

「さばいて日に干《ほ》して、イカの一夜干し作っとるんだ」

すごいにおいだと思ったら、イカ!?

作業をしているおばあちゃんの横をブチネコが通りすぎたけど、「もうけっこう」とばかり、イカに目もくれない。

夏生《なつき》くんは、イカの干《ほ》された台の間をすり抜《ぬ》けて、湾内《わんない》にひしめきあうようにつながれている、たくさんの漁船の方へむかった。

白くて見上げるように大きい船もあれば、小型の船もある。

どの船も大漁旗《たいりょうばた》の下に、大きなランプみたいなのをいくつもぶらさげていて、オレンジや赤の、小さいタイヤみたいなのもくっついている。

「四十八、四十九……うわーっ、五十個《こ》もランプがついてる！」

口をぽかんと開けて見上げていると、

「メタルハライドランプ」

夏生くんがぼそっといった。

「この光で、魚をおびきよせるの？」

「いや、イカは光が苦手だから、光に集まってきた小魚を船の陰《かげ》にかくれて食べとるところを、あのタイヤみたいなイカ釣《つ》り機で巻《ま》きあげてとるんだ」

「へええ……くわしいね」

「オヤジに乗せてもらったことあるからな……」

夏生《なつき》くんが、沖《おき》の方をまぶしそうに見つめた。

「夜になると、海のむこうにいさり火が見えるだろ。あれが、イカ漁の光」

「ぼく、いさり火って見たことない」

「マジかよ」

「おばあちゃんちで夜に外出たことないもん」

においがむわっと立ちこめる中、船が係留《けいりゅう》されている脇《わき》の遊歩道を進むと、夏生くんが急に立ち止まり、一艘《そう》の船を指さした。

「これ、乗ってみっか?」

「えっ?」

夏生くんが指さしたのは、小さめの、白いイカ釣《つ》り船だった。

「もしかして、この船が『いいもん』?」

夏生くんがうなずく。

「でも、勝手に乗っちゃ……だめだよね?」

夏生くんは、くちびるをかんだ。

「これ……おれのオヤジの船だったんだ」

「えっ、そうなの」

「二年前までだけどな」

ギィと音がなり、波に合わせて漁船がゆれた。

船首を見ると「大幸丸」と書いてある。

「おおさちまる、っていうんだ」

潮風《しおかぜ》で夏生《なつき》くんの髪《かみ》が頬《ほお》にかかる。

ウミネコが船首に降《お》り立つと、「ミャアッ」と鳴いた。

「昔は、イカがよくとれてもうかっとったらしいんだけど、最近は全然とれなくなったからって……オヤジはこの船を売って、遠洋漁業にいくといってうちを出ていったんだ」

「えっ……」

「それから、一度もこの船が漁に出とるの、見たことがねえ。持ち主が使ってねえんだ」

夏生《なつき》くんの顔がけわしくなる。

「遠洋にいくなんて、どうせウソだし。捨《す》てられたようなもんだな。この船も……おれも。ハハハ」

夏生くんはかわいた声でわらうと水色の船底を見つめた。

何もいえずにただ立っていると、だれかの視線《しせん》に気がついた。

ふりむくと、どこかで見た体格《たいかく》のいい少年が立っていた。

あっ……たしか、あおいのクラスの……？

「何やってんだ!?」

夏生くんは「やべっ」というと、船から手をはなした。

健斗《けんと》は釣《つ》りの道具を持っていた。

「ねえ、たしかあおいのクラスメイトだよね。健斗くん……だっけ」

「そうだけど？　お前、だれ？」

「あおいのいとこ。入江颯太《いりえそうた》」

健斗《けんと》はふーん、というようにうなずくと、くっきりとした黒い目でぼくを見た。

「あいつ、なんで遠泳の大会出ねえんだよ」

「えっと……勉強したいっていってたよ」

「はぁ？　勉強⁉︎　あいつは別に、しなくていいだろ」

「午前中は家で勉強しているし、午後は塾《じゅく》にいってるよ」

「マジかよ……」

健斗は、わけわかんねえ、って顔をしている。

あおいは受験すること、クラスの子にはいってないのかな？

健斗は首をかしげながら、ジロリとぼくを見た。

「おまえは、大会出んの？」

「あ、えっと……ウン……」

目をそらしてしまった。

「どれくらいで泳げんの？」

「えっ」

「タイムだよ。一キロのタイム！」

「タ、タイムなんて……」

ぼくはブルブル首をふった。

「そんなんでだいじょうぶかよ。ちゃんと泳げんの？」

ぼくはそーっと首をかしげた。

健斗《けんと》はフン、と鼻でわらった。

「なあ、子どもだけで海で泳いだり釣《つ》りしたりすんなよ」

夏生《なつき》くんが、ぼそっといった。

「子どもだけじゃねえよ。いつもおれのじいちゃんおるし！」

「そっか。ならいいけど」

「じいちゃんも大会に出るからな」

健斗は誇《ほこ》らしそうに鼻をこすった。

「へえ、そうなんだ」

おじいちゃんって、いったい何歳《さい》なんだろう。

「じゃあな」

健斗《けんと》が立ち去ろうとして、ふりかえった。

「あ、おれのじいちゃんの船に、へんなことすんなよっ」

「えっ」

夏生《なつき》くんとぼくは、同時に声をあげた。

「おまえ……名字は？」

「加賀《かが》……加賀健斗だけど？」

「加賀さん……」

夏生くんが声をつまらせる。

ぼくが見上げると、夏生くんが低い声でいった。

「この船を買ったじいさんだ」


体をひきずるようにしてようやく家にもどると、おばあちゃんはいなくて、あおいが台所のテーブルで勉強をしていた。

「ただいまー」

あおいはぼくに気がついていないのか、算数のドリルやプリントを広げて下をむいたまま、答えを書きこんでいる。

速いっ。

ぼくなんてまだときどき指を使っちゃうのにな。

それに、すごい集中力。

ちらっと顔をのぞきこむ。

プリントをにらむように見つめ、形のいい口をきゅっと結び、リズム良く鉛筆《えんぴつ》をはしらせている。

何かと似《に》てる……。

……そうだ！

あおいが海を泳ぎきって浜《はま》に上がってきたとき。

あのときの表情《ひょうじょう》とおんなじだ。

ときどき、うなずいたり、首をかしげたりしながら、解答欄《かいとうらん》をぐいぐいと埋《う》めていく。

目に自信がみなぎっている。

あおい、楽しいんだ。

勉強、好きなんだ……。


あおいはいったん手を止めると、解答書《かいとうしょ》を見ながら採点《さいてん》をはじめた。

シャッシャッと、速いテンポで丸をつけていく。

「よしっ」と小さくガッツポーズをした後、あおいはふーっと息をはきだした。

ぼくも思わずふうっと息をついた。

いつの間にか、息を止めていたみたいだ。

「きゃっ、びっくりしたー。帰っとったの？」

「声かけたよ。きこえてなかったの？」

「ごめん……このプリント、やっと解《と》けそうだったから。あ、おばあちゃん、民生《みんせい》委員の会議があるから、今日はわたしと夕ごはん食べてね、だって」

「うん、きいてるよ」

あおいのプリントをちらっと見ると、わけのわかんない計算や図形が細かい字でたくさん書いてある。

「へえ、六年になるとこんなむずかしい計算するの？」

「うん、受験用の問題って特殊《とくしゅ》だから」

考えられない。ただの学校の勉強だってめんどくさいのに。

セミがジジッと鳴いて、網戸《あみど》にぶつかってきた。

「あおい、楽しそうだったね」

「えっ」

「なんか、ハルが真剣《しんけん》にゲームしているときみたいだったよ。あっ、ハルって東京《とうきょう》の友だちなんだけどさ……」

そういえば、あんなに気になっていたハルのこと、思いだしてなかったな。

あおいが大きな目をさらに見開いた。

やばっ。ゲームといっしょにするなっておこられる!?

ぼくがそーっと目をそらそうとすると、あおいがくすっとわらった。

「……うん。楽しいよ」

「勉強が？　め、めんどくさくない？」

「うん。めんどくさい。けど、力をつけてるんだーって、実感できる」

はあ。やっぱりぼくのいとこなんて思えない。

ぼくなんて、夏休みの宿題のドリルすら、ちゃんとやってないのに。

「練習をつめば計算のスピードが速くなるのって、スポーツと似《に》とるし。むずかしい問題の解《と》き方《かた》がひらめくと、ゲームをクリアしたような感覚になるよ」

あおいの声がはずんでいく。

「そういえば今日……健斗《けんと》って子に会ったよ」

「あ……そう」

「あおいのこと気にしてたよ」

「しつこいよね」

「あおい、模試《もし》で新潟《にいがた》にいくから大会には出られない、ってみんなにいってないの？」

「……いっとらんけど？」

「何もいわないから……ずっと心配してるんじゃない？」

「心配なんてしとらんっ」

あおいはシャーペンをカチカチカチ、と鳴らした。

「あ、ごめん……」

「もう、いいから」

あおいはテーブルに顔を近づけると、長い髪《かみ》でぼくをシャットアウトした。

今、解《と》いているドリルの上に、ノートが広げられている。

びっしりと数字で埋《う》まっていて、ところどころ赤字でポイントや気をつけることを書きこんでいるみたいだ。

本当に、すごい。

「あおい……ぼく……」

「なに？」

あおいが髪をかきあげる。

「ぼく、あおいが泳いでいる動画を見て、かっこいいなって思って、ぼくも泳いでみたいっていっちゃったんだけど……」

あおいが手を止めた。

「泳いでないあおいも、かっこいいと思う」

「えっ」

「勉強しているあおいも、同じくらいかっこいい……と思うよ」

あおいが顔を上げた。

顔が少し赤くなって、くちびるをかみしめている。

わわっ、ぼく、何いっちゃったんだろう。

「颯太《そうた》、わたし……なりたいものがあるの」

あおいはウーンと両手を頭の上にのばすと、おじいちゃんのお仏壇《ぶつだん》の前にむかった。

「何？　何になりたいの？」

ぼくもあおいについて、お仏壇の前に座《すわ》った。

おじいちゃんが写真の中でわらっている。

「お医者さん……目指してみようかなって」

あおいが、おじいちゃんの写真を見つめていった。

「おじいちゃんが病気のとき、佐渡《さど》中央病院の先生がすごくいい先生だったの」

あおいがマッチをすって、ろうそくに火をつけ、お線香《せんこう》にともした。

窓《まど》の外から、カナカナカナ……と、ヒグラシの声がきこえる。

「病気が見つかったとき、もう、やれることがあんまりなかったの、知っとるよね」

「うん……」

「でも、響子《きょうこ》先生は……おじいちゃんも、おばあちゃんもなるべくつらくないようにって、たくさん、話をきいてくれた」

響子先生って、おじいちゃんの担当《たんとう》だった、お母さんくらいの年齢《ねんれい》の先生だ。

お線香のにおいが、畳《たたみ》の部屋に広がる。

「おじいちゃんが亡《な》くなったとき、すごく悲しかったのに、響子先生の顔を見たら、なぜか……ほっとして……」

あおいが言葉につまった。

「な、何か飲む？」

ぼくはあわてて冷蔵庫《れいぞうこ》へむかった。

背中《せなか》ごしに、あおいがつぶやいた。

「それって、すごいなあって……思ったんだ……」

「うん」

ぼくはふりむかずにうなずいた。

冷蔵庫の中に、もう麦茶《むぎちゃ》はなかった。

かわりに炭酸《たんさん》飲料をコップについで、テーブルにもどったあおいに渡《わた》した。

「はい」

「ありがと……」

あおいがコップを受けとると、プチプチと泡《あわ》がはじけた。

しばらくふたりで、泡がのぼるのを見つめた。

ぼくは、はじめて海の中をのぞいたときのことを思いだした。

「ぼく、本当は二十五メートルしか泳げないんだ。しかも海の中にもぐったこともなかった」

「えっ……！」

「だけど、今日は平泳ぎで五十メートルはいけたと思う。ぼくは、遠泳、がんばってみる」

あおいは炭酸《たんさん》に少し口をつけるとうなずいた。

「わたし……舞美《まいみ》たちが……去年の大会の後に陰口《かげぐち》いっとったの、きいてしまったんだ」

「な、なんて？」

「『あおい、先頭泳がせとけばラクだけど、なんでも余裕《よゆう》って感じでウザイよね』……とか」

「うそっ……」

「もうそのときは、くやしくてくやしくて。でも、そんなことわすれようって勉強に打ちこんどったら、楽しくなって……。そして、わかったの。本当にくやしかった理由が」

あおいが大会のときの写真を見つめた。

「わたし、遠泳に逃《に》げてたんだと思う。本当は去年の夏休みからちゃんと受験勉強しようと思ってたのに、勇気が出なくて……。みんながリーダーやってっていうから、しかたないなっていいながら、本音はどこかホッとしてた。全部、中途半端《ちゅうとはんぱ》だったんだよね……」

「も、もしそうだったとしても……陰口いうなんて、ひどいよ……！」

体がカッと熱くなったぼくに、あおいがさっぱりとほほえんだ。

「この夏は、もう楽な方に逃《に》げないで、自分が本当にやりたいことにかけたいんだ」

うわ……。やっぱりあおいは強いなあ……。

ぼくがグラスについた水滴《すいてき》をぬぐうと、あおいがぺこっと頭を下げた。

「颯太《そうた》が大会に出たい、っていったとき、わたし、本当はちょっとくやしくて、『むり』って強くいってしまったんだ……ごめん」

「えっ、なんで？」

「目がキラキラしてて、気もち、伝わってきたから。なんでハードルの高いことに、まっすぐにむかっていけるんだろう……って」

「でも……でも、ぼくがその気になれたのは、あおいの泳ぎを見たからだよ」

あおいはぼくの言葉に小さく何度かうなずくと、グラスに口をつけた。

白くて細いのどがこくり、と動いた。

ぼくも炭酸《たんさん》をごくっと飲んだ。

泡《あわ》が、のどの奥《おく》ではじけた。

6

翌朝《よくあさ》、階段《かいだん》をトトトッとかけおりて台所にいくと、おばあちゃんが卵焼《たまごや》きを作っていた。

「おはよう。今日は起きるの早いね」

おばあちゃんは火を止めて、ぼくの顔を見た。

「何かいいことあった？」

「えっ、別に」

なぜか昨日《きのう》の炭酸《たんさん》の味を思いだし、ぼくはあわてて洗面所《せんめんじょ》にむかった。

めずらしく、十時ぴったりに夏生《なつき》くんが現《あらわ》れた。

でもやっぱり、寝《ね》ぐせで後ろの髪《かみ》がピョンとはねている。

空が少し曇《くも》っているけど、昨日《きのう》より海水浴《かいすいよく》客が増《ふ》えていた。

準備《じゅんび》運動をすると、夏生《なつき》くんが沖《おき》をながめた。

「今日は、岸に並行《へいこう》して、百メートルくらい泳いでみるか」

「ひゃ、ひゃく？」

「だいじょうぶ！　昨日《きのう》の泳ぎ方でいけば、楽勝」

「えーっ……」

「颯太《そうた》、一キロ泳ごうと思っとるんだろ。十分の一だぞ」

……そうだった。

「ここの青いパラソルから、あの、赤いパラソルのあるあたりまでだな。ギリギリ足も着くから」

夏生くんが指さした方に目をこらすと、浜辺《はまべ》のはしっこの方に小さく赤いパラソルが見えた。

走っていけば、楽勝だろうな。

でも、泳ぐとなると……。

「あおり足とリズムに気をつけてな。おれが先に泳ぐから、ついてきて」

「う、うん」

よし。夏生くんに、とにかくついていけばいいんだ。

あおいにも、がんばるっていったんだから、やるぞ。
もう一度赤いパラソルを見た。
けっこう近いんじゃないか？
本番の、たった十分の一だ。
昨日《きのう》の泳ぎを、ずっとくりかえしていれば、いつかは着くだろう。
（いくぞ！）
心の中でかけ声をかけると、岩を思いきりけって泳ぎだした。
イーチニッサーンシッ。
イチニッサンシ。
イチニサンシ。
よーしっ。昨日より進んでいる気がする！
がむしゃらに水をかき、キックを打った。
「……た、…………颯太《そうた》ってば！」
頭の上から夏生《なつき》くんの声がふってきた。

それと同時に、夏生《なつき》くんの体に頭がぶつかった。

「ぷはっ」

顔を上げると、夏生くんがぼくの腕《うで》をつかんだ。

「今、おれのこと見ながら泳いどった？」

「あっ……」

必死になって、よく見ていなかった。

「ななめに進んどったぞ。息つぎのときはおれをよく見て」

ぼくはコクコクうなずくと、ちらっと浜辺《はまべ》を見た。

あれっ。青いパラソルの場所が変わってない。

ぜんぜん進んでないってこと!?

うそっ……。

ぼくはあわてて泳ぎだした。

つかれないうちに、赤いパラソルまでたどりつきたい！

「ゆっくりー。サーンでもっとのびて」

夏生《なつき》くんの声がうっすらときこえるけど、だんだん胸《むね》が苦しくなって、必死になる。

体の右側、浜辺《はまべ》の方から波がきて、左に持っていかれそうになる。

本番も、第二ブイを曲がるとこんな感じなのかな……。

海水浴客《かいすいよく》のはしゃぐ声や、波の音が遠ざかっていく。

頭が真っ白になって、「プハア」「ハアッ」って、ぼくの息つぎの音しかきこえなくなった。

曇《くも》ったゴーグルのむこうの、かすかに日焼けした肩《かた》だけを追って、ひたすら息つぎをくりかえした。

「颯太《そうた》、あと少し！」

夏生くんの声が遠くからきこえた気がした。

あと、少し……？　よーしっ。

夏生くんを目指して、前へ。前へ。

あと、五メートル。あと一メートル……。

手先が、夏生くんにふれた。

（やった……！　百メートル泳げた……！）

とたんに、体がずしっと重くなり、ぼくは夏生《なつき》くんの肩《かた》につかまった。

浜辺《はまべ》を見ると、赤いパラソルが真横にあった。

「颯太《そうた》、やるなあ、おい！　マジかよ、やったじゃん！」

夏生くんはイヌをなでるみたいに、ぼくの頭やほっぺたをワシワシした。

「お、おぼれる……」

ぼくはワシワシされながら必死で夏生くんにしがみついた。


浜辺に上がって、大きな岩のところまでもどると、ふりかえって赤いパラソルをながめた。

足を着かないで、百メートルかあ……。

夏生くんのいうとおりにがんばっていれば、本当に一キロ泳げるようになるかもしれない
……！

「夏生くんは、どこまで泳げるの？　あの緑岩でも余裕《よゆう》？」

ぼくは、二百メートルほど先の沖《おき》に浮《う》かんでいる、緑の島のような岩を指さした。

「よゆー。あの岩はオヤジに何回も往復《おうふく》させられたし」

「お、おうふく?」

「漁師《りょうし》の息子《むすこ》が泳げなくてどうする! っていってな」

「ひええ」

「イカが釣《つ》れれば往復《おうふく》一回で許《ゆる》してくれるのに、釣れてねえと二回とかやらされて。マジ最悪だったし」

夏生《なつき》くんは言葉とはうらはらに、ふっとわらった。

「夏生くんも、イカを釣ったことあるの?」

「ああ……。小学校の卒業のとき、はじめて本当の漁に連れてかれた」

「釣れた?」

「釣れるも何も。酔《よ》ってはいて寝《ね》てた」

「ありゃりゃ……」

「颯太《そうた》、そのいい方、まっちゃんにそっくり」

「あれっ、そう?」

夏生くんはプッとふきだした。

「でもさあ、沖《おき》に出る途中《とちゅう》の夕日がすごくきれいだったのはおぼえとるよ」

「そっかあ。佐渡《さど》は海にしずむ夕日がよく見えるもんね」

『東京《とうきょう》が日本の中心なら、佐渡も日本の真ん中だ。寒流と暖流《だんりゅう》が混《ま》ざり合う、ここの夕日は日本一！』って……」

夏生《なつき》くんが、いつもとちがう強い口調でしゃべる。

ぼくが、おばあちゃんのいい方をまねしちゃったみたいに……。

きっと、夏生くんのお父さんの言葉なんだ。

「夕日で……海も、白い船も、大漁旗《たいりょうばた》もオレンジ色にそまって、きれいだったよ。それと、イカ」

「イカ？」

「毛布《もうふ》にくるまって寝《ね》とったのに、イカがとれたときだけはたたき起こされてさ。うっすらと白くて透《す》きとおったイカが、スミをピュッとはいて船にいくつもいくつも巻《ま》きあげられてきて……なんか……羽を広げて空に上っていく天使みたいに見えた」

「て、天使？」

ぼくが思わずつっこむと、

「な、なんかそんときはそう見えたんだよっ。酔《よ》って頭がおかしくなっとったんだ。きっと」

夏生《なつき》くんは骨《ほね》ばった手で口をおさえた。

「今日で四日目か……。大会まであと二週間くらいか」

「泳げるようになる?」

おずおずときくとスマホが鳴って、夏生くんが立ちあがった。

「おう、そうそう。これから? んー海にきとるからむりだわ……わりいな」

夏生くんは電話を切った後、しばらくスマホを見ていた。

「夏生くん……お友だちから? いいの?」

「おう、颯太《そうた》のせいで、彼女《かのじょ》の誘《さそ》いをことわったし」

夏生くんがニヤッとわらった。

「えっ、うそっ。ごめんなさい」

「ハハッ。冗談《じょうだん》だって。男友だちから」

「でも」

「いいんだ。なんか、プラプラ遊んどるより、こっちの方がまあ、いいっつーか……」

夏生《なつき》くんがまた口をおさえた。

「ほんと?」

「うっそー」

どっち!?

きくかわりに、夏生くんの顔を見た。

白かった頬《ほお》が、すっかり焼けて、少し皮がめくれてる。

夏生くんの目は、のどをなでられたネコみたいになってた。

「おばあちゃん! ただいま! 今日、百メートル泳げたよ。百メートル!」

おばあちゃんはそうめんをゆでながら「わあ、すごい!」と目を細めた。

そして火を消すと、「お母さんにもメールせんとなあ」とひとり言のようにいった。

シャワーも浴《あ》びずに、二階へ上がった。

携帯《けいたい》のランプが光っている。

受信メールを開くと、病院のベッドで食事をしているお母さんが映《うつ》った。

「お父さんに撮《と》ってもらいました。お母さんも赤ちゃんも元気だから、心配しないでね。病院のごはんはけっこうおいしいけど、やっぱり早く家に帰りたいな」

お母さん、元気なんだ。

「良かった……」

ほっとすると同時に、胸《むね》がチクッと痛《いた》んだ。

携帯《けいたい》を、パチンパチンと開け閉《し》めする。

よしっ。

今日なら、書ける気がする。

一気にキーをおしつづけた。

「お母さん、ぼくも元気です。

佐渡《さど》で小学生も出られるオープンウォーターっていう遠泳の大会があります。
ぼくも、出ようと思って練習しています」

送信ボタンの上に親指を乗せると目をつぶった。

……いけっ！

すぐに返信がきた。
ドキドキしながら、薄目《うすめ》を開けて携帯《けいたい》を開く。
「颯太《そうた》、お母さんは、近くにいられないから、すごく心配です」

頭の中で、お母さんの顔がゆがむ。

「遠泳の大会には、出ないでほしいです」

7

次の日は、朝からどんよりと曇《くも》っていた。
窓《まど》から海をのぞくと灰色《はいいろ》で、白波が立っている。
(海って、なんでこんなに色が変わるんだろう)
ひんやりした風が入ってきて、二《に》の腕《うで》をこすった。
夏生《なつき》くんから連絡《れんらく》がきて、練習は水温が上がりそうな午後からになった。
(本当に練習できるのかな……?)
海岸にいくと、やっぱりだれも泳いでいる人がいない。
夏生くんは少しおくれて、あくびをしながらやってきた。
ぼくはおずおずときいた。
「……夏生くん、今日はやめたほうがいいかな?」

「大会のときだって、これくらいのコンディションだったらやると思うぞ。天気のいい日ばっかりじゃねえんだから」

ぼくはしぶしぶT《ティー》シャツをぬいだ。

風が背中《せなか》をなでるようにふいて、ゾクゾクした。


いつも海に足を入れるときはヒヤッとする。

でも今日はいつもより冷たい。

全身をはいあがるように鳥肌《とりはだ》が立つ。

「冷たいのは最初だけ。一気にもぐっちゃえばだいじょうぶ！」

夏生《なつき》くんにいわれ、岩から思いきって足をはなす。

（やっぱり冷たーっ！）

全身をしばりつけられたみたいに体が固くなる。

やっとバタ足をして夏生くんに近づいた。

息をしようと顔をあげると高い波がきて、海水が口に入った。

「ブヘッ」

口の中が塩からさでいっぱいになる。

「波にさからうな。波に合わせて進んで、次の波がくるまでに呼吸《こきゅう》をするんだ」

ぼくはうなずくのがやっとだった。

波が通りすぎてからハッと大きく息をすうと、海にもぐった。

（痛《いた》いっ！）

右足にビリッとした痛みが走った。

足の裏《うら》が鉄の棒《ぼう》を入れられたみたいになる。

（足がつった！）

ギイインと、足をしぼりあげるような痛みがおそう。海水を飲み、息をすうこともできない。

（おぼれる！）

手を思いきりかいても、海にひきずりこまれるように体が重い。

（たすけてっ!!）

夏生《なつき》くんがぼくの背後《はいご》から、両手でわきを抱《かか》えるように支《ささ》えた。

あごを思いきり上げて、海水まじりの酸素《さんそ》をすった。

「わあああ」

「颯太《そうた》、あばれるな。落ち着け！　だいじょうぶだから」

夏生《なつき》くんの手にしがみついた。

「だいじょうぶか？」

「足、右足の裏《うら》が……！」

海水を飲みながらさけぶと、夏生くんはぼくの右足の土踏《つちふ》まずを自分の足の甲《こう》で持ちあげるようにおした。

「颯太、おれの足思いっきりふんで、ふくらはぎのばせっ」

えっ？

夏生くんの足の甲に自分の足の裏《うら》をおしつけた。

しばらくすると、うそみたいに痛《いた》みが消えた。

そのまま抱《かか》えられるように、岩の上から海岸にもどった。

「寒かったから足つっちゃったかー」

夏生《なつき》くんはぼくをタオルでつつむと、大したことないような口ぶりでいった。

「おぼれるかと思った……」

涙《なみだ》がこみあげてきた。

必死でがまんしたけど、止まらなくなった。

「……っておい、泣いてんのかよ」

首をふって涙をふいても、今度は鼻水が出てくる。

「……夏生くん、ぼく、やっぱり……」

ふるえが止まらない。

「こわい。本番でまたあんなふうになったら?」

「本番で足つったときは、ああやって反対の自分の足の甲《こう》でおさえて、ふくらはぎのばせば治るから」

「おぼれたら?」

「おれ、前に大会見にいったとき、ライフガードのボートがたくさん出とったし、漁船も出るから、何かあったら助けてくれるだろ」

夏生《なつき》くんは、ハハハとわらいとばした。

「一キロ遠泳した、って東京《とうきょう》帰って母ちゃんにいえば、びっくりするぞ」

「……お母さんは……」

ぼくは、夏生くんにわかるくらい、顔をゆがめてしまった。

「ど、どうした？」

夏生くんがおどろく。

「ぼく……オープンウォーターの大会に出る、ってメールしたら、お母さんに反対されたんだ……」

「そっか」

夏生くんがまじめな顔でうなずく。

「その後お父さんから電話がきたから……ぼく、いってしまったんだ……」

「なんて？」

「やっぱり大会には出ない、って、お母さんに伝えて……って」

ぼくはタオルに顔をうずめた。

「夏生《なつき》くん……ごめんね」

「なんで、あやまるんだよ。それだけ、母ちゃんを心配しとるんだろ」

「う、うん」

「赤ちゃんのこともな」

ぼくはそっと首をふった。

「……わかんない」

「えっ」

「本当は……お母さんにむりしてほしくない……もし、何かあったら……」

「赤ちゃんのこと心配しとらんわけじゃなくて、それだけ母ちゃんが大事ってことだろ。颯《そう》太《た》らしいじゃん。それでいいじゃん」

夏生くんが、ぼくの髪《かみ》をくしゃっとなでた。

「ち、ちがうんだ」

いったら、夏生くんにがっかりされるかもしれない。

でも、タオルに口をおしつけるようにしたら、ずっといえなかった本音があふれてきた。

「なんかお母さんが、赤ちゃんのことばかり考えている気がして……。ぼく、みんなにおいてけぼりにされた気がして……」

ハルの顔が浮《う》かぶ。

なんで、塾《じゅく》のこと、もっと早くいってくれなかったの。

竜也《たつや》の顔が浮かぶ。

ぼくはどうでもいい人間なの？

そんなの……、

そんなのいやだ！

夏生《なつき》くんがブッとふきだした。

「な、なんでわらうの」

ぼくは、顔が真っ赤になるのがわかった。

「お前、まじめだよなー。いいじゃん。ずっと

兄弟おらんかったんだから、そんなもんだろ。けど、生まれたら意外とかわいいかもしれんよ」

「うん……」

「おれだって、最初はさ、小学生に遠泳教えるなんてめんどくせえって思ったけどさ」

ぼくはタオルから顔をだした。

「でもさ、お前と泳いどるの、けっこう楽しいし。おれ、兄弟おらんから、弟がおったらこんなカンジかなーって思ったりしてさ」

夏生《なつき》くんは照れくさそうに、前髪《まえがみ》をいじった。

「いいじゃん。お前の母ちゃんは、赤ちゃん生まれたって、きっとお前のこと、かわいがってくれるよ」

そして、ふっとさみしそうな目をしてつぶやいた。

「おいてけぼりになんて、せんよ」

ぼくは、あっ、と思ってくちびるをかんだ。

夏生くんが、自分のお母さんのことを思いだしてしまったんじゃないかと思ったからだ。

すると夏生《なつき》くんが、とつぜんさけんで立ちあがった。

「じいさん、おぼれた!?」

「えっ、だれが!?」

ぼくもとっさに海の方をふりかえった。

見えるのは、暗い色の海と、いつもより高くもりあがった波だけだ。

「今日なんて、だれも……」

「さっき、どっかのじいさんが海に入っていったんだけど……見えんなった」

「うそでしょ!?」

夏生くんは立ちあがると、海へむかった。

「だ、だめだよ、夏生くん!」

夏生くんはぼくの手をふりほどくと、あっという間に海に入ってしまった。

白い波を乗りこえるように、沖《おき》へむかって進んでいく。

むかった先を見ても、人影《ひとかげ》はない。

「おじいちゃんなんて……どこにいるんだよ」

夏生《なつき》くんの背中《せなか》がどんどん小さくなる。

どうしよう。

どうしよう。

こういうときは、むやみに助けにいっちゃいけないっていたことがある。

おぼれている人に、海にひきずりこまれてしまうって。

助けにいった人がいっしょにおぼれたってニュースもよく流れている。

「夏生くーん、もどってきてーっ!!」

ぼくが波打ち際《ぎわ》で口に両手をあててさけんでも、波の音にかき消される。

海の上の灰色《はいいろ》の雲は、ますます厚《あつ》くなり、ポツ、ポツッと雨がふってきた。

「あれっ……?」

波がいっそう高くなり、夏生くんの姿《すがた》が消えた。

「やだっ……やだよ」

足元が冷たくなる。気がつくと、波打ち際まで進んでいた。

波しぶきを体にあびる。夏生くんの進んだ方向に、じっと目をこらす。

すると、波の合間に黒っぽい頭と、赤いキャップをかぶった頭が見えた。

「いた……！」

おぼれてない!?

ふたつの頭は、波にもまれつつ、少しずつこっちに近づいてきた。

右側が夏生《なつき》くん、左におじいちゃん。ふたりは、同じ速度で泳いでくる。

きっと、夏生くんが合わせているんだ。

「はやく……はやくもどってきて……」

おじいちゃんは、おそかった。波に、すぐおしもどされる。

でも、気がつくと、なぜか前に進んでいて、少しずつ体が大きくなっていく。

速くない。でも、止まらない。

ふたりの姿《すがた》がはっきり見えるようになると、ぼくは大声をだして手をふった。

「夏生くーん!!」

夏生くんも気づいたのか、手を上げて大きくふると、ザバッザバッと波をかきわけるようにもどってきた。

「よ、良かった……」

ぼくは思わず、夏生《なつき》くんにしがみついた。

おじいちゃんは、マイペースで泳いでいる。

「颯太《そうた》、ごめんな。じいさん、ふつうにこっちにむかってるだけだった」

夏生くんが肩《かた》をすくめて、舌《した》をペロッとだした。

「はあああ……おぼれてなくて良かった……」

ぼくがへなへなとその場に座《すわ》りこむと、おじいちゃんが海の岩の上にはいあがってきた。

立ちあがったおじいちゃんは、細い体の上に黒いウエットスーツを着ていた。

ゴーグルと赤いキャップをとって、浜《はま》に上がってくる。

おじいちゃんの顔は茶色く日焼けして、目尻《めじり》にも口の横にも深いシワがいくつもある。

でも、ウエットスーツの上からでも足や手に筋肉《きんにく》がついていて、ひきしまっているのがわかる。

おじいちゃんは夏生くんとぼくを、あんまりないまゆげの下からじろりと見上げると、しわがれた声でいった。

「お前たち……今日みてえな日に泳がん方がいいぞ。わしはトレーニングだから」

ぼくたちは目線を合わせた。

『……オイオイ』

『……おじいちゃんにいわれたくないよね』

夏生《なつき》くんはわらいそうになるのをがまんして、口がゆがんでいる。

「あの、もしかして……オープンウォーターの大会に出るんですか」

ぼくは思いきってたずねた。

「ああ、出る。あれに出んと、トライアスロンの出場資格《しかく》がもらえんからな」

「と、トライアスロン？」

そういえば、おばあちゃんがいってたっけ。

「オープンウォーター、何キロの部に出るんですか」

「五キロじゃ」

「ご、五キロ？」

「去年は七十代の部で優勝《ゆうしょう》した。ふたりしか出とらんかったけどね」

ひゃひゃひゃ、とおじいちゃんはわらった。

七十代……五キロ……うそでしょ!?

「ハハ。このじじい、ぽっくりいっちまうんじゃねえか、って顔しとるな」

「そ、そんな」

ぼくがあわてて首をふると、おじいちゃんは、夏生《なつき》くんの方を見ていた。

「おめえ、北島《きたじま》の息子《むすこ》じゃねえか?」

「……はい……?」

夏生くんはめんどくさそうに答えた。

「父ちゃんから、連絡《れんらく》あったか」

おじいちゃんはウエットスーツを脱《ぬ》ぎながらきいた。

夏生くんはにらむような目つきに変わると、少しだけ首をふった。

い、いきなりなんだ?

このおじいちゃん、夏生くんのお父さんのこと、知ってるの?

「そうか」

おじいちゃんは、ぼくに目をむけた。

「おめえはどこの子だ？」

「あ、あの松木《まつき》の……」

「ああ、松木先生んとこの。夏だけきとるお孫《まご》さんか」

おじいちゃんの顔がゆるんだ。

なんでも知ってるんだな。

ぼくはだまってうなずいた。

「きみも遠泳の大会に出るんか？」

「はい」

「うちの健斗《けんと》も、今年は優勝《ゆうしょう》するってはりきっとったな」

「もしかして……おじいちゃんは健斗くんの、おじいちゃん？」

「そうじゃ」

おじいちゃんは、岩陰《いわかげ》においてあったタオルを肩《かた》にかけると、ほとんどない髪《かみ》の毛をタオルでこすった。

「颯太《そうた》ーっ、夏生《なつき》ーっ」

防砂堤《ぼうさてい》のむこうで車のドアを閉《し》める音がして、おばあちゃんの声がとんできた。

「雨がふってきたから、むかえにきたんだよ」

おばあちゃんがカサを二本さしだす。

夏生くんが「ハハハッ」とわらった。

「まっちゃん。おれたちどーせぬれとるし」

「あ、ありゃりゃ。そうだったね」

おばあちゃんはそういいながら、カサを開いてぼくたちに渡《わた》した。

そしておじいちゃんに気づくと、かけ寄《よ》った。

「加賀《かが》さん？　加賀さんでしょ」

「おお、松木《まつき》先生」

「まあまあ、今日も練習されとったんですか」

おばあちゃんは、ぬれているおじいちゃんにも、自分のカサをさしだしている。

「先生がぬれますから」

おじいちゃんは大きく手を横にふると、そのままの格好《かっこう》で走っていき、止めてあった軽トラに乗りこんだ。

ぼくたちもおばあちゃんの車のシートにタオルをしいて乗りこんだ。

「ねえ、おばあちゃん、あのおじいちゃん、知り合いなの？」

「うん。加賀一平《かがいっぺい》さんって、このへんじゃ有名な腕《うで》のいい漁師《りょうし》さんだったのよ。となりの漁港で一番大きい船の船長さんでね。今は息子《むすこ》さんがついでいて、加賀さんは隠居《いんきょ》するのかと思ったらトライアスロンにはまっちゃってね」

おばあちゃんはクスクスわらった。

「毎年、タイムが上がっとるんだって」

ぼくは、おじいちゃんのツヤツヤした顔と頭を思いだした。

夏生《なつき》くんを見ると、手に細いあごをのせて目をつぶっていた。

8

翌朝《よくあさ》、雷《かみなり》の音でなかなか眠《ねむ》れず、目を覚ますともう八時だった。
まだ暗い窓《まど》の外から、ザーッと音がして、障子《しょうじ》を開けると雨がふっていた。
「今日は練習お休みだね」
九時半になっても雨はふりやまず、おばあちゃんは窓の外を見ながらいった。
その声をきいて、ぼくは少しほっとしているのに気がついた。
もう何ともないのに、足がつった感覚がもどってくる。
ぼくは右足の裏《うら》を何度も左足の甲《こう》におしつけた。

午後になると、さっきまでの雨がうそみたいに晴れてきた。
ミイィィ……とセミが鳴きだし、窓から光がさしこんでくる。

夏休みの宿題をやっていると「ピンポーン」とチャイムが鳴った。

「あらっ、夏生《なつき》？」

おばあちゃんの声に、ぼくはイスから腰《こし》がぴょん、と浮《う》きあがった。

「うぃーっす」

玄関《げんかん》をのぞくと、夏生くんはめずらしく紺《こん》のボーダーのＴ《ティー》シャツを着て、首をかしげるようにぼくを見た。

「こ、こんにちは」

なんだか、まっすぐ夏生くんが見られない。

なんできたんだろう。まさか、これから練習にひっぱっていくつもりじゃ……？

ドキドキしていると、夏生くんが、「これ、うちのばあちゃんが持っていけって。お世話になっとるからって」といって、おばあちゃんに紙袋《かみぶくろ》をさしだした。

おばあちゃんが「まあまあ、こっちの方がお世話になっとるのに、悪いねえ」といって受けとると、ぼくを見た。

「ちょうど良かった！　雨も上がったし、颯太《そうた》、夏生といっしょに畑へいって野菜《やさい》をとろう」

家のとなりの畑にいくと、トマトやキュウリが雨にぬれてキラキラと光っていた。

雨あがりのむわっとした空気に土のにおいがまじる。

「うわあ、これ、すごい大きいね！」

ぼくは東京《とうきょう》のスーパーで売っているのより二倍くらい太いキュウリをにぎった。

夏生《なつき》くんはやったことがあるのか、キュウリの茎《くき》をハサミでチョンチョンと切ると、ザルに入れていった。

「夏生くん、慣《な》れてるんだね」

「まっちゃんが腰《こし》がいてえっていうから、今年はおれが種まきから手伝ったんだ」

「ほーんと、助かっちゃった」

おばあちゃんがトマトの方からいった。

「ホントに腰痛《いた》かったんだかどうだか。めっちゃ元気だし」

夏生くんがぼくだけにきこえるくらいの声でいった。

「何もなかったんだ。この畑。颯太《そうた》のじいちゃんが亡《な》くなってから。まっちゃんも元気なかったし」

ぼくはおばあちゃんの顔を見た。

鼻歌を歌いながら、とれごろのキュウリをさがしている表情《ひょうじょう》からは、想像《そうぞう》つかない。

ぼくが何も知らないで東京《とうきょう》にいる間、おばあちゃんはあおいや夏生《なつき》くんに支《ささ》えてもらっていたのかもしれない。

「種まかなきゃ、はじまらんって思って……種まいてみれば、何とかなるかなって」

夏生くんがぼくの顔をじっと見た。

「颯太《そうた》といっしょだな」

「……？」

「颯太も、種を、まいとるんだよな」

種……？

なんだかよくわからないけど、うなずいた。

「種まいたときは、本当に育つのかなって思ったけど……今はすげえよな」

「なんか、野菜《やさい》ジャングルみたいだよね」

トマトもキュウリも葉っぱが大きく、茎《くき》も太い。

お母さんがプランターで育てていたときは、ちょっとでも虫がついたり、葉が白っぽくなったりしたらキャアキャアいってたのを思いだした。

でも、ここでは黄色くなったり枯《か》れたりした葉っぱも緑の葉っぱにまぎれて、畑全部が元気に見える。

「トマトもおいしそうだよ～」

おばあちゃんの声の方にいくと、はちきれそうになった赤いトマトが、茎《くき》をしならせている。

しっかりしたトマトたちのはじっこに、折れかけて茎が細くなっているのがあった。

でも、その先には、少しだけ赤くなりかけたトマトがちゃんとついている。

「これ、もうダメなのかな」

「んー、折れとるしな」

ぼくは、茎をまっすぐにもどしてみた。

完全に折れたわけじゃなくて、一部分はまだつながっている感じがする。

根っこの方をそっとひっぱると、ぐん、と畑にふんばっている手ごたえがあった。

「まだ、がんばってるみたい」

「じゃあ、そのトマトは颯太《そうた》にまかせたよ」

おばあちゃんがぼくの横にしゃがんでほほえんだ。

「がんばろうね」

ぼくは、トマトの茎《くき》を支《ささ》えるものを考えはじめた。

「赤くなるといいな」

夏生《なつき》くんもしゃがみこんだ。

「うん」

「ゆっくりでいいからさ」

「うん」

「おれ、まっちゃんの畑にくるようになってから、この青いトマトのにおい、好きになったんだ」

夏生くんが目をつぶると、トマトのにおいをかいだ。

ぼくもトマトに顔を近づけると、さわやかな甘《あま》いにおいがした。

そっとさわってみる。

まだまだ青いし固い。

けど、もうにおいは立派《りっぱ》なトマトだった。

二階で夏生《なつき》くんとうたたねしていると、塾《じゅく》からあおいが帰ってきた声で目がさめた。
リビングにいくと、おばあちゃんが夕ごはんのしたくをしていた。
あおいは帰ってきたばかりなのに、もう机《つくえ》の上にノートを広げている。
「おかえりー。また勉強してるの?」
「うーん。この問題、先生の説明きいたけどイマイチわかんなかったから……」
あおいがシャーペンをカチカチ鳴らす。
すると夏生くんがすっとあおいの横に立って、問題をのぞきこんだ。
カチカチカチカチ。
あおいは口を一文字に結び、問題をにらみつづける。
夏生くんは腰《こし》に手をあてて問題に目をはしらせている。
リビングにカレーのにおいがただよってきた。
あおいが夏生くんの顔をのぞきこんだ。夏生くんがまゆを上げて目を合わせる。

「お、教えてもらえますか？」

夏生《なつき》くんは涼《すず》しい顔でうなずいた。

「ラクショー」

本当かなあって一瞬疑《いっしゅんうたが》ったけど、夏生くんがぼそぼそっと教えただけで、あおいは「はい、あーっ、そっか！　そういうことだったんだ！」と大きくうなずいた。

「へえ〜夏生、小六の算数、わすれとらんかったんだねえ」

カレーを味見しながらおばあちゃんが冷やかした。

「まっちゃん、これ、小六レベルじゃねえし。中学受験って、すげえ問題だすんだな」

夏生くんがあおいのドリルをめくると、いつになくまじめな顔をした。

「あおいちゃん、すげえな」

あおいは、はずかしそうに首をふった。

「おばあちゃん、北島《きたじま》くんの教え方、わかりやすかったよ」

「そうだろそうだろ」

「小学校のときも、成績《せいせき》良かったし、何でも友だちに教えるのうまかったんだよね。夏生は」

おばあちゃんはにっこりわらうとカレーをよそった。

「うーん、おいしい！」

おばあちゃんの特製《とくせい》カレーと、畑でとった野菜《やさい》で作ったサラダ。

なんだかいつもよりどんどん食べられる。

「自分でとった野菜って、なぜかうめえよな」

夏生《なつき》くんは口をもぐもぐさせながらいった。

ぼくは、だまってうなずいた。

トマトの甘酸《あまず》っぱさが口の中に広がっていく。

「颯太《そうた》、食べとるね」

「泳いだ日は夕ごはんもあんまり食べられんかったのにね」

おばあちゃんとあおいが、まじまじとぼくを見た。

夏生くんに負けないように食べつづけた。

カレーを食べおわった夏生《なつき》くんが、うす暗くなった窓《まど》の外を見ながらつぶやいた。

「颯太《そうた》、いさり火見たことないっていってたよな」

ぼくがうなずくと、夏生くんがニヤッとわらった。

「海に、見にいこうぜ。あおいちゃんもいっしょにいこう」

えっ。

そーっとあおいの顔を見ると、なぜか素直《すなお》にうなずいていた。


ぼくたちは、海岸の空いている場所にシートをしいて寝転《ねころ》んだ。

涼《すず》しい夜の風が海のにおいを運んでくる。

「うわあ……月がすごいね……」

「ムーンロード」

夏生くんがぼそっといった。

「なに、それ？」

「海面に、光の道ができているだろ」

「うん……」

胸《むね》がトックン、トックンと鳴る。

ムーンロード。

心の中でくり返す。

光のじゅうたんが海にしかれたみたいに、キラキラと輝《かがや》いている。

東京《とうきょう》じゃ、見られなかった景色《けしき》だ。

「あっ」

いさり火がともった。

ムーンロードがはじまる水平線の上で、強い光をはなっている。

「きれい……」

ザーン……ザーン……。

透《す》きとおったあおいの声が、波の音にすいこまれていく。

「ほんとは月の大きなときは、漁に出てもあんまりとれんらしいけど、そんなことといってらんねえんだろうな」

いさり火が、もうひとつ増《ふ》えた。

「あれ、宇宙《うちゅう》からでも見えるんだって」

夏生《なつき》くんがささやくようにいった。

「昔、オヤジにその写真見せてもらった。宇宙からでも見えるなんて、すげえ光だよな」

夏生くんが、ふっとやさしい表情《ひょうじょう》になった。

宇宙にとどく集魚灯《しゅうぎょとう》の光。

ぼくは、光が佐渡島《さどがしま》を包んでいる姿《すがた》を想像《そうぞう》した。

あおいがとつぜん、「はいこれ」と、カラフルに編《あ》まれたひもを渡《わた》してきた。

「何これ?」

「ミサンガだろ」

夏生くんがいった。

「みさんが?」

「ミサンガを巻《ま》いて、ほどけるまでつけていたら、願《ねが》いごとがかなう……ってやつだよな」

あおいが、こくっとうなずく。

「あおい……作ってくれたの？」

「うん、まあ、気分転換《てんかん》にね」

あおいは赤、青、オレンジのミサンガを見せた。

「じゃあ、颯太《そうた》は赤ね」

「えっ、赤？」

「そう。色にも意味があって、赤は運動に効《き》くんだって」

「へええ」

あおいが結んでくれる。

「あと、勇気、情熱《じょうねつ》、っていう意味もあるよ」

「勇気、情熱かあ……」

手首を回して、何度もミサンガを見た。

なんだか、手からパワーがあふれてくる気がする。

「あおいは？」

「わたしは青」

「わかった、勉強に効《き》くんでしょ」

「そう」

「ほほう。じゃあ、成績優秀《せいせきゆうしゅう》だったオレ様が結んでやろう」

夏生《なつき》くんがあおいからミサンガを受けとった。

「あやしいなあ……」

ぼくがつっこむと、

「颯太《そうた》、失礼だぞ」

とわらって、夏生くんは細い指で器用にミサンガを結んだ。

「ありがとう……ございます。じゃあ、北島《きたじま》くんは、これ」

「おれにも？」

あおいは、オレンジ色のミサンガを渡《わた》した。

「これも、なんか意味あるわけ？」

「えーっと」

あおいは、はずかしそうにつぶやいた。

「友情《ゆうじょう》……です」

夏生《なつき》くんのすっとした目があおいを見つめた。

「あと、希望《きぼう》……です」

「……友情、希望……」

夏生くんはじっとミサンガを見つめた。

そして、「つけて」といってぼくに渡《わた》してきた。

でも、うまく結べない。

「あれっあれっ」

見かねたあおいが手伝ってくれて、ようやく結べた。

夏生くんは、月明かりに手首をかざすと、ふっとほほえんだ。

「あおいちゃん、ありがとう」

あおいが、素直《すなお》にうなずく。

夏生くんは、平たい石を海にむかって投げた。

「颯太《そうた》、おれ、コーチ引き受けて……良かったと思っとる」

ぼくは夏生《なつき》くんの横顔を見た。

「まっちゃんは仕事、紹介《しょうかい》してくれとるんだけど、なんかちがう気がしてさ……。でも、ずっと夜起きて昼間は寝《ね》とったのに、とりあえず昼間起きとるようになったし、ま、いっかーって」

夏生くんは石をさがしながら、ぼそぼそといった。

「今までは夜、起きてた……の？」

「ああ。なんか、いさり火見にいったりとか……」

……だから、いつも眠《ねむ》そうだったのか。

「颯太《そうた》と約束しとるから、根性《こんじょう》だして起きるようになったんだし」

夏生くんが、今度は大きく腕《うで》をひくと、フリスビーを投げるみたいに石を海にむかって投げた。パン、パン、パーンとはじけるように飛んでいくのが月明かりでわかった。

「成功《せいこう》～」

夏生くんのうれしそうな顔を見てたら、ぼくは自然につぶやいていた。

「ぼく、最初は遠泳なんてむりかもって思ったけど……夏生くんが教えてくれて……」

声をしぼりだした。

「ぼくにもできるかも、って思えるようになった」

夏生《なつき》くんの、まぶしそうな目を見ていった。

「ぼく……やっぱり、泳ぎたい」

夏生くんはゆっくりうなずくと、あおいにいった。

「颯太《そうた》、けっこう泳げるようになったよ。今度、一日でいいから、練習につきあってくれんかな」

「えっ、北島《きたじま》くんがいるからいいじゃないですか」

「おれ、オープンなんちゃらの大会なんて出たことねえし。本番じゃ、どうやって泳ぐのか教えてやってくれんかな」

あおいはだまりこんだ。

ザーン……ザザーン……。

潮風《しおかぜ》が強くふいた。

いさり火が、もうひとつ増《ふ》えて、ずっと遠くにある沖《おき》で、星よりも強く輝《かがや》いている。

顔を見ると、あおいは「日曜なら。塾《じゅく》ないし」としぶしぶうなずいた。

9

それからぼくは、家でもできることをがんばった。

「きゃあああ」

お風呂にもぐっていると、ドアを開ける音がして、あおいの絶叫《ぜっきょう》がひびいた。

「やだやだーっ！」

声が遠くなっていく。
六十、六十一、六十二……ブクブクブク……。
「ぷはっ」

あーあ。あおいのせいで、息をはいちゃった。

ぼくがお風呂から出ると、あおいがいきなりクッションを投げてきた。

「颯太《そうた》のばかっ！　お風呂の電気がついているのにシーンとしているから、開けちゃったじゃん！」

「どれだけ長くもぐれるか、数えてたんだよっ」

ぼくはクッションをだきしめた。

「せっかく最高記録更新《こうしん》したのに……」

ブツブツいってると、おばあちゃんが畑からもどってきた。

「なにさわいどるんだっちゃ」

「おばあちゃーん、颯太《そうた》のおしり、見ちゃったよーっ」

「どーせ、ちっちぇえころは、いっしょに入っとったんだから、何を今さら……」

おばあちゃんがおかしそうにわらうと、あおいがなぜかぼくをおそろしい顔でにらんだ。

「イーチニッサーンシッ。イーチニッサーンシッ」

畳《たたみ》の上でも、あおり足にならないように、足首を曲げたままキックする練習をした。

あおいが部屋に入ってきても、ぼくはくりかえした。

「何してんの」

「ぼく……キックするときの足首がまっすぐ上をむくあおり足になってしまうことがあるん

だって」

「うんうん」

「これだと、力がうまく水に伝わらなくて、キックしてもしてもつかれるだけなんだって。だから、足首を曲げてける練習をしろって夏生《なつき》くんに教えてもらったんだ」

「へえ〜。やっぱり北島《きたじま》くん、すごいね！」

あおいはそれだけいうと、さっさと部屋を出ていってしまった。

（ぼくも、ちょっとは、ほめてくれても……）

あおいの去った方を横目で見ながら、ぼくはひたすらエアキックをくりかえした。


そして、日曜日になった。

海岸にいくと、めずらしく夏生くんが先にきていて、沖《おき》をながめていた。

岩陰《いわかげ》にシートをしくと、ぼくは思いきってあおいにいった。

「今日……健斗《けんと》くんたちもさそったから」

「な、なんで!?」

「みんなにも、あおいの本当の気持ち、伝えた方がいいんじゃないかと思って……」

「いったって、どうせわからないよ。自分のことしか考えてないって思われるだけ」

「ぼくだって、『どうせ』ぼくには遠泳なんてむり……って、思ってたよ」

両手のこぶしをにぎりしめて、必死に声をしぼりだした。

「むりかどうか……やってみなくちゃ……わからないと、思う」

あおいがため息をつくと、みんながやってきた。

健斗《けんと》が軽い調子であおいに話しかける。

「よっ、松木《まつき》。とうとうやる気になったか？」

あおいは、しばらく健斗を見たり目をふせたりした後、口を開いた。

「健斗……わたし、新潟《にいがた》の中学校、受験するんだ。でも、全然成績《せいせき》がとどかなくて……。大会の日は、新潟で模試《もし》を受けるから、本当に出るつもりないの」

健斗は目を見開いて口をパクパクさせた。

「に、新潟の中学校？」

「うん。もし受かったら、新潟でひとり暮《ぐ》らししとるお兄ちゃんといっしょに住むつもり」

健斗《けんと》は顔をみるみる曇《くも》らせると、せっぱつまったようにいった。

「みんな、練習しとってもなんか去年とちがうんだ。タイムものびてねえし」

「去年……みんなと泳げて楽しかったけど、本当はわたし、遠泳に逃《に》げてたところがあった。去年の夏休みからちゃんと勉強しようと思っとったのに、新潟《にいがた》で中学受験なんてできるのか不安で……。でも今年はもう、そんな中途半端《ちゅうとはんぱ》はやめようと思ったんだ」

健斗は頭をガシガシかくと、あおいを見つめた。

「松木《まつき》……なんで受験なんてするの？」

あおいはくちびるを結んで何度かまばたきすると、まっすぐ健斗を見た。

「わたし、お医者さんになりたいなって思っとったの。去年より前から……」

「い、医者……？」

健斗はうつむくと「マジかよ……医者……？」とぼそぼそつぶやいた。

あおいが言葉をつまらせると、舞美《まいみ》が急に頭を下げた。

「あおい、ごめん！　本当は、わたしのせいだよね……？　わたし、スイミングいっとるのに、あおいの方がずっと速くて、みんなに頼《たよ》りにされて、くやしくて……あおいはなんでもできるのに、どうして水泳まで……って、つい……」

「健斗《けんと》も、松木《まつき》、松木ってうるさいしね」

舞美《まいみ》が赤くなって理奈《りな》の口をふさごうとした。

あおいはかすかにほほえんだ。

「舞美、理奈、あのときはショックだったけど……おかげでわたし、本当にやりたいこととむきあえたから。ちょっと目標《もくひょう》は高いけど、がんばりたいんだ」

舞美が声をふるわせた。

「今年、あおいが練習にこなくなって、ようやくわかったんだ。あおいがひっぱってくれてたから、くやしいけど……やる気が出てたんだって。でも……あおいには別の目標ができたんだね」

「うん……。去年の舞美、だれよりも一生懸命《いっしょうけんめい》泳いでたよね。わたし、本当はずっとかなわないな……って思っとった」

健斗が舞美に声をかけた。

「よっしゃ、それじゃあ、今年はおれたちがリーダーでがんばろうぜ！」

舞美《まいみ》は力強くうなずいた。

シートの上に荷物をおいて海にむかう途中《とちゅう》、あおいがぼくのとなりでつぶやいた。

「颯太《そうた》、ありがとう」

さっぱりした笑顔を見せて、あおいは波打ち際《ぎわ》にかけていった。


「今日は約束どおり、あの緑岩までいくからな」

夏生《なつき》くんが、二百メートルくらい沖《おき》にある、小島のような大きな緑の岩を指さした。

泳ぎの得意な人がたどりついているのを見たことはあるけれど、まさか、自分が泳ぐなんて……。

覚悟《かくご》はしていたけど、体の中からつきあげるようにドックンドックンと心臓《しんぞう》が動きはじめた。

完全に足のつかないところまでいくのは、はじめてだ。

「みんなは自分のペースでいけるよな。颯太はおれがずっといっしょに泳ぐから」

「ほーい。楽勝、楽勝」

健斗《けんと》はなんだか浮《う》かれている。

「あんまり調子にのるなよ」

夏生《なつき》くんが海を見つめた。

波はやさしく打ち寄《よ》せている。

左胸《ひだりむね》をドンドンとこぶしでたたいた。

みんなで準備体操《じゅんびたいそう》をすると「よーし、いきますか」と夏生くんがいつもの黒いT《ティー》シャツを脱《ぬ》いだ。

夏生くんの、はじめて会ったときよりも焼けた背中《せなか》にある大きい肩甲骨《けんこうこつ》と、細いけどたくましい腕《うで》を見ていたら、気もちが落ち着いてきた。

（また夏生くんについていけば、きっとだいじょうぶだ）

「いいか。今日はとにかくおれの背中だけ見て泳げ。足が着くかどうか確認《かくにん》するなよ」

「う、うん」

「岸をふりかえるな。前だけ見ろ。下と後ろはむかないこと」

「はいっ」

海に入ると、あおいが寄《よ》ってきた。

「ここは砂浜《すなはま》じゃないけど、実際《じっさい》は砂が巻《ま》きあがって水中が見えなくなるから、気をつけてね」

健斗《けんと》が、いきなりぼくにバッと水をかけて、ひじを当ててきた。

「ちょっと、いきなり何するの?」

あおいが怒《おこ》ると、健斗がニシシ、とわらって逃《に》げた。

「本番は、こんなこともあるから、気をつけてねーん」

「もう」

あおいは口をとがらせた。

「でも、本当にみんなよく見えなくなって、手足がぶつかることあるから気をつけて」

「な、なるべく最後にいくよ」

「それがいいと思う。自分のペースでね」

あおいは健斗を追いかけていった。

「よしっ、いくぞ」

夏生くんがぼくの肩《かた》をポンとおした。

「力入れるなよー。ゆっくりなー」

夏生《なつき》くんの声がきこえて、体に力が入っていたのに気がつく。

イーチニッサーンシッ。

イーチニッサーンシッ。

海に顔をつけているときは、ゴーグルをしているけど目をつぶる。

足が着かなくなるのがわかると怖《こわ》い。後ろもふりむかない。

おおいかぶさるような波がきて、思いっきり海水を飲んだ。

(しょっぱいっ!)

「ゴホッゴホッ」

のどが焼けるように痛《いた》い。夏生くんがふりかえると「だいじょうぶか?」と声をかけてきた。

「ゲホゲホッ……だ、だいじょうぶ……」

夏生くんはぼくの顔をじっと見ただけで、それ以上は何もいわずにまた沖《おき》にむかって泳ぎだした。

(もういくの……?)

まだのどの奥《おく》に海水がひっかかっているような感じでヒリヒリする。

もうちょっと待ってくれてもいいのに。
みんな、あっという間に小さくなって、緑岩の方にまっすぐむかっている。
やっぱり……佐渡《さど》の子は速いんだな。
あおいなんて、今年は何も練習していないのに、やっぱり先頭きってる。
本番はだれも助けてくれない。自分でがんばるしかないんだ。
くやしさをぶつけるように、水をかく。
しばらくすると、手も足もだるくなってきた。
「リズムはいいけど、またあおり足になっとるぞ～」
夏生《なつき》くんにいわれて、あわてて足首をくっと曲げてキックする。
さっきまでより力が入らない。
もう何も考えられなくなってきた。
すると、急に体がひんやりした。
水深が変わったのかもしれない。
ドキッとして顔を上げる。

波間に浮《う》かびあがる夏生《なつき》くんの背中《せなか》と、緑岩しか見えない。
――颯太《そうた》、おれについてこいよ。
夏生くんの背中がそういっているみたいだ。
(いくぞ……。緑岩までいくんだ)
背中にひっぱられるように泳ぎつづけると、手がぶつかった。
気がつくと、緑岩が目の前にせまっていて、先に着いた健斗《けんと》がのぼっていた。
「よーし、おつかれ! ふりかえってみろ」
(ええっ?)
立ち泳ぎをしながら体をぐいっとひねる。ふりむくだけでもパワーがいる。
(わあっ……)
ふりかえると、青い海が目の前に広がっていて、遠くに岸が見えた。
遊んでいる人たちもパラソルも、すごく小さくなっている。
はしゃぐ声すらきこえない。
さっきまであの中を通ってきたのに。

音のない映画《えいが》を見ているみたいだ。

こんなところから海岸を見たことなんてなかった。

青い海のむこうに白い石の海岸。

そのすぐ裏手《うらて》はこんもりとした森。

海からそびえるように突《つ》き出ているはさみ岩に、おだやかな波が打ち寄《よ》せている。

海は宝石《ほうせき》みたいに、キラキラと輝《かがや》いている。

「こんなにきれいなところでいつも泳いでいたんだ……」

心臓《しんぞう》のドキドキがおさまってきて、顔がほてる。

「こんなところから海岸を見られるのは、泳いでここまできたやつだけ。でも大会で泳ぎきったら、もっといいモンが見られるぞ」

もっといいモン……？

「今、ちょっと泳ぎがラクになったような気がした？」

「う、ううん」

「ずっと泳いどると、そんなときがくるよ。ランナーズハイみたいな感じ。そこがくるまでがんばるんだぞ」

「う、うん……」

ぼくが泳いでランナーズハイ？

そんなの、信じられないよ。

健斗《けんと》がザッパンと海に飛びこむと、あおむけになってプカ～ッと浮《う》かびあがってきた。

「健斗、キモイし！」

舞美《まいみ》がつっこみながらも、同じようにあおむけになる。

気がつくと、みんなあおむけになって空を見ていた。

ぼくも、夏生《なつき》くんにちょっとだけつかまってから、思いきってあおむけになった。

夏生くんが、ぼくのとなりでつぶやく。

「昼間も、本当は星って光っとるんだって。太陽の光が強くて見えないだけなんだって」

目をこらして空を見つめた。

わきあがっている入道雲のむこうに、光るものが見えるかと思ったけど、空は相変わらず青いだけだ。

「やっぱ……見えないなあ」

「ハハハ。そりゃそーだ。でもさ、見えなくてもあるって信じると、星が見えてくる気がしない？」

「うん……」

波にゆられながら答えると、空で何かが光った気がした。

信じる、か……。

浜《はま》に上がると、着替《きが》えた健斗《けんと》がバッグをふり回して、ぼくとあおいにいった。

「なあ、ひまわり畑、寄《よ》ってみねえ？」

「ひまわり畑？」

「そう。松木《まつき》、今年のひまわりどうなっとるか、見てねえだろ。勉強ばっかかして」

「見たよ。……車から」

「せっかくおれたちで植えたんだから、ちゃんと見にいってみようぜ」

「……わかった」

「よっしゃ」

健斗《けんと》が指をパチンと鳴らした。


漁港とは反対の道を歩く。

青い海岸線の中に、とつぜん、一面の黄色が広がって、目に飛びこんできた。

「うわあ、ひまわり畑だ……」

「すごい、咲《さ》いてる……！」

少し坂になっている小道から下ると、あおいはひまわり畑にすいこまれるようにかけていった。

一面のひまわりは背《せ》が高くて、あおいの姿《すがた》が見えなくなる。

迷路《めいろ》のような通路を歩いていると、足を止めた。

健斗と話しているあおいに、近づいてはいけないような気がした。

でも、声がきこえてしまう。

「おれ、ぜってー大会で優勝《ゆうしょう》するから」

「あ、うん。がんばってね」

「去年のお前のタイム、ぜってー抜《ぬ》かす」

「ハイハイ」

あおいはそっけなくいったけど、顔はわらっていた。

ちぇっ。かっこつけちゃって。

ぼくはタイムどころじゃないってのに。

健斗《けんと》は何も悪くないのに、あおいがずっとニコニコしているのを見るとなんだかムカッとした。

しかたなく引きかえして、別の通路を進むと、舞美《まいみ》と理奈《りな》がひまわりの茎《くき》をさわっていた。

「あ、ねえ……。颯太《そうた》くん、これ、わたしたちが植えたんだ」

「そうなの？」

「うん。毎年、わたしたちの学校は春になると、ここにひまわりの種をまくのが行事になっとるんだ」

舞美がうれしそうに、ひまわりをなでつづける。

「いつもお世話はできないから、近くの農家さんがやってくれとるんだけどね」

理奈《りな》がはずかしそうにわらった。

「すごいね……」

ぼくもいっしょにひまわりを見上げた。

少しでも高く、少しでも太陽に近づこうとしているみたいに、ぐん、と元気よく咲《さ》いている。

「去年は、全然元気がなかったけど……今年はこんなに咲いて良かったよね」

舞美《まいみ》がつぶやくと、理奈が「うんうん」とうなずいた。

「あんまり元気がない年もあるの？」

「うん。その年の天気とかによるのかなあ……。でも、毎年必ず種をまいて、また育ったひまわりからできた種をとって……」

「今の五年生が、次に入学してくる一年生にあげてくれるんだ」

ふたりはひまわりの茶色の部分に手をのばしてさわった。

気がつくと、あおいと健斗《けんと》と夏生《なつき》くんが後ろに立っていた。

あおいが目をきらっとさせて、夏生くんに話しかけた。

「思いだした！　北島《きたじま》くん、六年のとき、いっしょに植えてくれたよね。わたしが腕《うで》をけがしてて……。ペアじゃないのにバケツ持ってくれたり、水をあげるのを手伝ってくれたりしたよね」

「そんなこと、あったっけか」

夏生《なつき》くんは、鼻をこすった。

「あーっ、そうだ！　夏生お兄ちゃんって、みんな呼《よ》んどって、人気あったよね」

舞美《まいみ》がうなずくと、

「そうだったっけ……？」

と、理奈《りな》はあいまいにわらった。

「おまえらも、もっとかわいかったのに、デカくなったよなー」

夏生くんが苦笑する。

「これからもっとデカくなるし！」

健斗《けんと》が胸《むね》をはった。

「そうだな。これから。まだまだ」

夏生くんは目を細めると、そのままひまわりの道を進んでいった。

あおいは夏生《なつき》くんの方向を見つめている。

やわらかい潮風《しおかぜ》がふく。

ぼくは、なぜか胸《むね》の中にもすうっと風がふいた気がした。

ひまわりの群《む》れが、しなった。

しなやかにゆれて、また一斉《いっせい》に東の方をむいた。

ひまわり畑のむこうには、青い空と海。

まるで、ひまわり畑が海に浮《う》かんで波にゆられているみたいだ。

「すごいね」

「おれたちがまいたひまわりだもん」

健斗《けんと》が得意そうにいうと、舞美《まいみ》と理奈《りな》がうなずいた。

「おまえ、ちょっと泳げるようになったな」

健斗《けんと》がぼくを見てそっけなくいった。

海岸線の遠くに、はさみ岩が見えた。

打ち寄《よ》せる波を、どっしりと受け止めている。

あの海を泳ぎたくなったわけが、少しだけわかった気がした。

ぼくも……きっと種をまきたかったんだ。

そして、ちょっとのことでふらふらしない、ぼくだけの根っこを育てたいって思ったのかもしれない。

トマトみたいに。ひまわりみたいに。

そして、いつかはあの岩みたいに。

10

おばあちゃんが壁《かべ》にはってくれたカレンダーをめくった。

ついに八月だ。

セミの声が、ますます元気になっている。

練習の後、昼寝《ひるね》をしなくてもだいじょうぶになったし、筋肉痛《きんにくつう》もなくなった。

朝食を食べると、おばあちゃんが思いついたようにいった。

「颯太《そうた》、ずっとはさみ岩で練習しとるけど、本番前に会場を下見した方がいいんじゃねえのんか？」

ドキッ！

ずっと気になっていたことを、ついにいわれてしまった。

「夏生《なつき》くんも、連れてってやるっていってくれとるんだけど……」

「ふふ。会場見たら、緊張《きんちょう》してしまうのんか？」

おばあちゃんは、ふっくらとしたほっぺでわらった。

「な、なんでわかるの？」

おばあちゃんはもう一度わらうと青汁《あおじる》をぐいっと飲んだ。

「颯太《そうた》、今、ちょっと佐渡弁《さどべん》になっとったね」

ぼくも牛乳をコク、コク、と飲んだ。


（今日こそ、下見に連れてってってていうぞ）

はさみ岩にむかう途中《とちゅう》、ぼくはこぶしをぎゅっとにぎりしめた。

赤いミサンガは、ずっとつけているせいか少し色があせたけど、かえって手首になじんでいる。

「おりゃあああ」

いきおいをつけて、海にむかう坂道をくだった。

でも、十時に夏生《なつき》くんは、現《あらわ》れなかった。

十五分待ったら、いつもみたいに「ねみぃ」って目をこすりながら現れると思ったのに、三十分待ってもこない。

夏生《なつき》くんの番号は教えてもらっていたけれど、ドキドキしてかけられない。

思いきっておばあちゃんに連絡《れんらく》すると、一度帰ってくるようにいわれた。

胸騒《むなさわ》ぎがした。


「えっ、昨日《きのう》の夜から家にもいないんですか」

おばあちゃんが電話をにぎりしめたまま、ぼくの顔を見る。

「はい……はい。じゃあ、わたしも心あたりを探《さが》してみます」

おばあちゃんが険《けわ》しい顔で電話を切った。

「夏生くん、家にも帰っていなかったの？」

「昨日の夕方、家を出てからもどっとらんし、携帯《けいたい》もつながらんし、そんなことははじめてなんだって」

まった。

「どうしたんだろう……」

「とりあえず、夏生《なつき》の家にいこうか。夏生のおばあちゃんひとりじゃ心細いと思うし」

「うん」

おばあちゃんの車は海岸通りからせまい道に入り、焼き鳥屋の看板《かんばん》を曲がったところで止まった。

そこから路地に入ると、一階だけの茶色くて古い家が何軒《なんげん》かならんでいた。

おばあちゃんはその真ん中に建っている家のインターホンをおした。

何も音がしない。

「こわれとるんだった」

おばあちゃんがこそっという。

ぼくは思いきって玄関《げんかん》のドアをドンドンとたたいた。

ギギッと中で音がしたと思うと、玄関の扉《とびら》が開いた。

扉のむこうから、夏生くんのおばあちゃんが出てきた。

「あ、松木《まつき》先生、すみません。ご心配かけて……」

ぼくがぺこっと頭を下げると、

「ああ、あなたが颯太《そうた》くん……？　いつも夏生《なつき》からきいてます」

とやさしくいった。

やせていて、つかれた顔をしているけど、すっとした目元が夏生くんと似《に》ている気がした。

家の中に入るとドキドキして、ぼくはずっと下をむいていた。

ちらっと棚《たな》の上の写真立てを見ると、おばあちゃんと、小さいころの夏生くんらしき男の子がいっしょに写っていた。

そして、夏生くんとよく似ているけど、日焼けしてがっちりした大人の男の人と、夏生くんの入学式の写真。

（この人が……夏生くんのお父さんか……）

夏生くんのおばあちゃんが、麦茶《むぎちゃ》をだしてくれると、ぼそぼそつぶやいた。

「実は……息子《むすこ》……夏生の父親から電話が、あったんです」

「息子さんは遠洋漁業にいっておられるんですよね」

おばあちゃんがきくと、夏生《なつき》くんのおばあちゃんは首をふった。

「いや……それが……本当は東京《とうきょう》におったんですけど、夏生には遠洋にいったことにしてくれと、きつくいわれとって……」

夏生くんのおばあちゃんは、手に持ったハンカチを何度もにぎりしめたり広げたりしていた。

「夏生が帰ってこんのも、たぶん父親からの電話のせいだと……」

「わかりました。北島《きたじま》さんは家にいてください。わたしと颯太《そうた》で心あたりをさがしてみますから」

おばあちゃんは、夏生くんの同級生のおうちや携帯《けいたい》に何軒《なんげん》か電話をしたあと、首をふった。

「だれも心あたりがないって……」

いつものはさみ岩の海岸にもう一度いっても、海水浴客《かいすいよく》の中に夏生くんはいなかった。

胸《むね》がドキドキして、心臓《しんぞう》がやぶけそうだ。

どこ？　どこにいるの夏生くん。

夏生くんのいきそうなところ……。

「そうだ、おばあちゃん、漁港かもしれない！」

「えっ、漁港？」

「そう。夏生《なつき》くんのお父さんの船がある、となり町の漁港だよ！」

おばあちゃんはいつも安全運転なのに、少しスピードを速めていた。

漁港に着くと、ぼくは名前を呼《よ》ばずにいられなかった。

「夏生くーん、夏生くーん！」

おばあちゃんは、だれかに電話をして、いっしょに探《さが》してもらうようにお願《ねが》いしているみたいだ。

「なつきーっ！」

おばあちゃんと名前をさけびながら、大幸丸《おおさちまる》の係留《けいりゅう》されている場所にむかう。

返事はない。

夕暮《ゆうぐ》れの港には、ウミネコの「クワーオ」と鳴く声と、波の音がひびくだけだ。

「おばあちゃん、あそこっ！」

もう出航《しゅっこう》した船が多いのか、いつもより船と船の間隔《かんかく》が開いた漁港の奥《おく》に大幸丸《おおさちまる》が見えると、足が止まった。

おばあちゃんが、「あの船？」と指さしてぼくの顔を見た。

「うん……」

怖《こわ》い。

夏生《なつき》くんのことが気になるのに、なぜか近づけない。

おばあちゃんが、ぼくの手をにぎった。

そのあたたかさで、自分の手がすごく冷たくなっていたのがわかった。

「夏生、いるのー？」

おばあちゃんの声がかすれている。

船は波にゆられているだけで、人の気配がしない。

少しずつ近づくと、船の中でひざを抱《かか》えている夏生くんの姿《すがた》が見えた。

「夏生？」

おばあちゃんが声をかけても、夏生くんは動かない。

しばらく見つめていると、背中《せなか》が呼吸《こきゅう》に合わせて動いているのがわかった。

「寝《ね》とる」

おばあちゃんがほっとしたようにわらう。

ぼくはその場にへたりこんだ。

「夏生《なつき》、夏生ってば」

おばあちゃんが船に入って体をゆすると、夏生くんはようやく顔を上げた。

髪《かみ》がボサボサで、はれぼったい目をしている。

「夏生くんのおばあちゃん、心配してたよ……」

まぶしそうな顔をして夏生くんがぼくを見上げた。

「……颯太《そうた》、わるかったな」

「う、ううん」

「まっちゃん……」

「なに？」

「腹《はら》へった」

「だったら、もう家に帰ろうよ」

夏生《なつき》くんは頭をかきむしると、またひざに顔をうずめた。

「お父さんから……連絡《れんらく》があったんだって？」

夏生くんは舌打《したう》ちした。

「東京《とうきょう》で……働いとったんだと」

おばあちゃんとぼくの体がかたまった。

「しかも、紹介《しょうかい》したい人がおるって……おれも東京にくるか、佐渡《さど》に残るか決めろだと」

となりで、おばあちゃんが息を飲むのがわかった。

「くそっ」

夏生くんがドカッと船底をけった。

「夏生……くん……いくの？」

やっと声がだせた。のどがカラカラだ。

「ハッ？　いくわけねえし。二年もほったらかしといて」

「生活のお金はふりこんでいたって、おばあちゃんにきいたよ。夏生《なつき》のことはちゃんと……」

「まっちゃん、そういうの、もういいから」

夏生くんは、船底に手のひらをつけると、声をつまらせた。

「この船……もういいのかよ……」

そして、おばあちゃんを見た。

「まっちゃん……ごめん……」

「いいのいいの。こっちは颯太《そうた》が泳げるようになって、ほーんと助かっとるんだから」

「それだって半分おれのためだったんだよな……」

夏生くんがぼくの顔を見た。

「母ちゃんもオヤジも出ていって……学校やめてプラプラしててさ、なのにまっちゃんは『夏生ならできる』『頼《たの》んだよ』っていつも声かけてくれて……」

ぼくは、小さくうなずいた。

「そんなこといわれるの何年ぶりかな、と思った。まっちゃんが信じてくれとるのがわかるから、裏切《うらぎ》りたくねえって思えるようになったのに……。なんでオヤジが裏切るんだよ……」

おばあちゃんは首をふった。

「颯太《そうた》がこんなに泳ぐのに夢中《むちゅう》になるなんて、先生だったら絶対《ぜったい》むりだった。夏生《なつき》のおかげだよ。ありがとう。やっぱり夏生にお願《ねが》いして良かった」

ぼくもいった。

「ありがとう……夏生くん」

夏生くんはひざの間にすいこまれるような声でつぶやいた。

「なんで帰ってこねえんだよ。なんで東京《とうきょう》なんだ。なんで……」

夏生くんの背中《せなか》がふるえている。

おばあちゃんは夏生くんの背中をさすった。

丸い手で、何度も何度もさすった。

やがて夏生くんの背中が動かなくなって、顔が上がった。

ネコのような目尻《めじり》がすっかり下がっていて、すがりつくような表情《ひょうじょう》をしている。

まるで、お母さんに甘《あま》えているみたいに見えた。

いつもぼくといるときはすごく大人に見えるのに、今はぼくより子どもみたいだ。

するととつぜん、加賀《かが》のおじいちゃんの声がした。

「先生、おりましたか」

ぼくとおばあちゃんがふりかえると、加賀のおじいちゃんが立っていた。

「加賀さん、すみません。無断《むだん》で入ってしまって……」

「ええんです、ええんです。そうか……父ちゃんから連絡《れんらく》があったか」

加賀のおじいちゃんは、夏生《なつき》くんの様子なんておかまいなしに、船に入ってきた。

ギイ、とせまい船内がゆれる。

夏生くんは、だまったまま指の関節《かんせつ》を鳴らした。

「この船で、ちいせえころ、よう遊んどったのう。あのころは、イカもようとれたんじゃが」

加賀のおじいちゃんが座《すわ》った。

「手放すのは、おしかったと思うぞ。でも油代は高くなるし、借金ができてしもうたから
……お前を高校にいかせるために手放して、ちゃんと毎月決まった給料が入る仕事につくつもりだ、というとった」

夏生《なつき》くんが低い声でつぶやいた。

「オレには遠洋にいくとかなんとか、すぐバレるようなうそつきやがって……」

「息子《むすこ》にはいえん、といっとった。息子はおれが漁をしているのが好きだったから……と。まあ、そういいながら父ちゃんもあきらめきれんかったのかもしれんな」

夏生くんが強く首をふった。

加賀《かが》のおじいちゃんがきっぱりといった。

「この船は、預《あず》かっとくつもりで買うたんじゃ」

「……預かっとく……？」

「昔ほど……イカはとれんなった。イカがおらんなっとるんだから、がんばるだけじゃどうもこうもならん。みんな、似《に》たようなもんじゃ。でも今も、なんとか助け合ってやっとる」

夏生くんの肩《かた》に、おじいちゃんが手をかけた。

「この船は、本気だして漁《りょう》をやるんだったら、またいつでも貸《か》すぞ。そして漁師《りょうし》をつづけるんだったら、少し働いた金で返してやってもいい。父ちゃんに相談されたときからな、そのつもりでおったんじゃ」

日焼けでできたシワを深くして、おじいちゃんはわらった。

「お前も、この船乗って……やってみるか？」

夏生《なつき》くんが、顔を上げた。

おじいちゃんはそれだけいうと、帰っていった。


夏生くんは、ふらふら立ちあがって船を降《お》りると、ちゃんとおばあちゃんの車に乗った。

おばあちゃんはなかなかエンジンをかけず、ハンドルをにぎりしめたままだった。

夏生くんは、目をつぶって下をむいている。

ぼくを、いつもいつもはげましてくれた夏生くん。

でも、夏生くんのほうがずっと不安でいっぱいだったのかもしれない。

港に、夕暮《ゆうぐ》れがせまってきていた。

今日は、雲が低くたれこめて、夕日が見えない。

夏生くんが、夕日のことを話しているときの顔。

お父さんのことを話すときは、いつもどこか誇《ほこ》らしそうだった。

窓《まど》の外をずっと見ていると、いさり火がすみれ色の空と海の境《さかい》にひとつともった。

次の日はおばあちゃんが連絡《れんらく》を入れてくれて、健斗《けんと》たちの練習に参加させてもらうことになった。

準備《じゅんび》運動がおわると、ウエットスーツを着た加賀《かが》のおじいちゃんが、自分の頭をつるりとなでていった。

「遠泳は、どうやって泳ぐか、わかるか？」

「体力！　筋力《きんりょく》！　根性《こんじょう》！」

健斗が元気に答える。

「ハハ。それも大事だけどな……最後は、心だな」

「心……ですか」

ぼくがつぶやくと、加賀《かが》のおじいちゃんが、うむ、とうなずいた。

「波がきて、体が思うように動かんなって、体から心が離《はな》れていきそうになるときがきても、自分から、離すなよ。しっかりくくりつけとくんだぞ」

「うぃっす」

健斗《けんと》は敬礼《けいれい》のポーズをした。

「船のなあ、係留《けいりゅう》ロープみてえに、しっかり自分にくくりつけて、最後は心で泳ぐんじゃぞ」

「はい」

それから練習している間、夏生《なつき》くんのことばかり考えていた。

夏生くん……どうするんだろう。

もう、いっしょに泳げないのかな……？

おじいちゃんを追いかけて海を泳いでいるのに、心はどこか遠くにフワフワと浮《う》かんでいる気がした。

「お前、やっぱりけっこう泳げるようになったじゃん」

浜《はま》に上がると、健斗がいった。

「そ、そうかな？」

たしかに、もぐることも浮《う》くこともできなかったのに、今はまだまだ練習できる気がする。

「夏生くんのおかげだと……思う」

健斗《けんと》はストレッチをしながらつぶやいた。

「あいつともう、練習しないのか」

「……わかんない……」

「大会には、出るだろ」

「えっ……」

ズン、と水にしずめられた気分になった。

もし、夏生《なつき》くんともう会えなかったら？

大会……見にきてくれなかったら？

そんなこと、想像《そうぞう》もしていなかった。

夏生くんがそばにいてくれるのが、当たり前になってた。

ぼくは、海を見た。そして、右手首のミサンガを見た。

ミサンガが少しずれていて、ハッとした。

跡《あと》がうっすら白くなっている。

――ぼく、こんなに白かったんだ……。

「出る……」

「颯太《そうた》？」

「ぼく、大会、出るよ」

いいながら、心の奥《おく》がふるえた。


とうとう大会の前日になった。

いつもなら朝日がまぶしくて目が覚めるくらいなのに、今朝は障子《しょうじ》のむこうが薄暗《うすぐら》い。

ぼくはふとんからなかなか出られなかった。

昨日《きのう》から枕元《まくらもと》においていた携帯《けいたい》を、思いきってタオルケットの中にひっぱりこむ。

「北島《きたじま》　夏生《なつき》」

夏生くんの番号が、タオルケットの中で白く光る。

ずっと、夏生くんに助けてもらってばかりだった。

ぼくが返せるものなんて、何もないけど……。

やっぱり、見にきてほしい。

番号を見つめているうちに、うっすらと画面が暗くなっていく。

はね起きると、障子《しょうじ》を開けた。

「天気悪っ……」

灰色《はいいろ》の雲が空をおおい、海には小さな白い波がいくつもたっている。

携帯《けいたい》を持つ手に力をこめる。

「夏生《なつき》くん明日が本番だから今日は下見に連れてってください。夏生くん明日が……」

くりかえしブツブツいうと、ぼくは汗《あせ》ばんだ指で電話のマークをおした。

発信音が鳴る。

お母さんに大会に出たいってメールをしたときよりもドキドキしているのに気づいた。

もし夏生くんが電話に出なくても……夏生くんの家までいくぞ……！

携帯をさらに強くにぎると、眠《ねむ》そうな声が携帯のむこうからきこえた。

「んー……もしもし？　颯太《そうた》？」

「は、はいっ、もしもしっ、いっ入江《いりえ》、颯太ですっけどっ」

汗《あせ》がふきだす。

携帯《けいたい》のむこうでプッと小さくふきだす声がした。

「大会、明日だな」

「は、はい」

「会場、見にいくか」

「はい……えっ、いいの？」

「今日しかねえだろ」

「う、うん！」

携帯を切ると、ぼくは階段《かいだん》をダダダダダーンとかけおりた。

おばあちゃんが「颯太《そうた》、だいじょうぶかっ？」とリビングのドアを開けてかけ寄《よ》ってきた。

§

そして、ぼくたちは下見にいったけれど、ぼくは夏生《なつき》くんに何もきけなかったし、はれぼったい目をした夏生くんも、お父さんのことは何もいわなかった。

相川《あいかわ》の海岸の防砂堤《ぼうさてい》をこえると、ぼくは立ち止まった。

「夏生《なつき》くん……、もう、覚悟《かくご》決めないといけない……よね」

強い潮風《しおかぜ》がふいて、夏生くんがふりかえった。

「覚悟……？」

「……ん……」

「それって……今、一瞬《いっしゅん》で決まるもんじゃねえと思うけどな」

夏生くんは日焼けで皮がめくれた腕《うで》をこすった。

「今日までいっしょに練習してきた一日一日が……颯太《そうた》の覚悟だったんじゃねえの」

「一日一日……？」

夏生くんが「ふあ〜」とあくびをすると、くしゃっとわらった。

なぜか、肩《かた》の力がスッと抜《ぬ》けていった。

一日一日……いつもいっしょにいてくれた。

そう、ずっと、ひとりじゃなかった。

「夏生くん……、明日……」

いいかけると、夏生《なつき》くんが横島《よこしま》を指さした。

「明日、おれ、横島の応援《おうえん》の漁船《ぎょせん》で待っとるから。ぜってーあそこまでこいよ」

波の音の中で、夏生くんの低い声がひびいた。

「覚悟《かくご》なんてもう決めんでいいから。おれのところまで泳いでこい」

ぼくは強くうなずいた。

おばあちゃんちにもどると、畑から、雨上がりに夏生くんと野菜《やさい》をとったときと同じにおいがしてきた。

ぼくは茎《くき》の折れそうになっていたトマトを確《たし》かめにいった。

「あっ……」

ちゃんと、赤くなってる！

鼻を近づける。

かすかに甘酸《あまず》っぱいにおいがした。

ぼくは、トマトをそーっととると、おばあちゃんに見せた。

「夏生くんに食べてほしいから、明日のお弁当《べんとう》に入れてくれる？」

11

八月四日。

いよいよ大会の当日になった。

あんまりよく眠《ねむ》れなかったけど、窓《まど》からさしこむ朝日の明るさで目がさめた。

窓を開けると、セミがビーンビンビンとうるさいくらいに鳴いている。

昨日《きのう》の天気とはうってかわり、海はまぶしいくらいに光り、波はおだやかだった。

おばあちゃんが「泳ぐとおなかがすいてくるから、食べたくなくても口に入れておけや」

とバナナの皮までむいてくれたけど、やっぱり一口おしこむのが精一杯《せいいっぱい》だった。

おじいちゃんのお仏壇《ぶつだん》に手を合わせると、手のひらが冷たくなっているのに気づいた。

「おじいちゃん、いってきます。見守ってください」

時計を見ると、もう九時半だった。

小学生の部は、大会の最後、十一時スタートだ。

相川《あいかわ》の海岸に着くと、テントがいくつも設営《せつえい》されていて、たくさんの子どもや大人の選手、応援《おうえん》の人たちが集まっていた。

「今日はよく晴れたなあ。良かったあ」

おばあちゃんが日ざしを手でさえぎりながら、明るい声でいった。

ぼくはつばを飲みこむことしかできない。

会場では、イカ焼きやサザエのつぼ焼きやビールが売られて、お祭りのようなにおいがしている。

すでに泳ぎおわったらしい大人の選手や応援の人たちがあちこちで乾杯《かんぱい》している。

「夏生《なつき》、もう漁船に乗っとるかね」

おばあちゃんがきょろきょろする。

ぼくは、横島《よこしま》を指さした。

大型の漁船が、横島の北側につけているのが見えた。

今、成人五キロの部のレースに出場している選手の応援や、いざというときの救護《きゅうご》の役目もある。

「あの船に、もう乗ってるのかもしれないね」

ぼくはそういいながらも、夏生《なつき》くんの姿《すがた》が見えないと落ち着かなかった。

海面は湖みたいにおだやかだった。

空はすっきりとした水色。

水平線のあたりに、ソフトクリームみたいな真っ白の入道雲がわきあがっている。

今日はオレンジ色の丸ブイが、折り返しの目印の黄色いブイのあたりまでつながっているのがくっきり見えた。

十艘《そう》以上も黄色いボートが浮《う》かんでいて、赤い服を着たたくましい体の男の人が乗っている。

「あれがライフガードっていう人たちだね。いざとなったら助けてくれるから安心安心」

安心、とくりかえされていたら、なんだかおなかが痛《いた》くなってきた。

思いきり深呼吸《しんこきゅう》をしようとする。

「ふほほほぅ」と、情《なさ》けない息がもれた。

「ただいま、五キロの部、最後の集団《しゅうだん》が横島《よこしま》を通過《つうか》しました」

浜辺《はまべ》にアナウンスの声がひびく。

横島《よこしま》の方に目を移《うつ》すと、すでに先頭集団《しゅうだん》の選手たちが波しぶきをあげて、ゴールにむかっているのが見えた。

「わあ……加賀《かが》のおじいちゃん、泳いでるかな」

手をかざして、目をこらす。

「あっちが受付みたいだよ」

おばあちゃんにいわれて「受付」と紙の貼《は》られたテントの下にいくと、健斗《けんと》がぼくを見て「ヨッ」と手をあげた。

あおいや健斗の学校の子どもたちらしい集団が、日焼け止めをぬりあったり、ストレッチをしたりして出番を待っている。

ぼくを見て「あいつだれ?」なんてコソコソ話してる子もいる。

ぼくは目をふせながら受付のおばさんの前に立った。

「お名前は?」

「入江颯太《いりえそうた》です」

「ああ、あった。はい、入江《いりえ》くん……東京《とうきょう》から参加してくれたの？　ありがとさんや。はい、五十一番ね。腕《うで》だして」

おばさんは太くて黒い油性《ゆせい》マジックのキャップをとると、ぼくの右手の甲《こう》と腕《うで》に「51」と書いた。名簿《めいぼ》をのぞくと、全部で六十三人出るみたいだった。

（六十三人の中で一番最初にリタイアするかもしれない）

ひたいからは汗《あせ》が流れてくるのに、体のふるえが止まらなくなった。

「まずこれ。参加賞のキャップ。今日はこれをかぶってね。目立つ色だろ」

「は、はい」

去年、あおいがかぶっていた赤いキャップと同じだった。

「ここに入っとるセンサーでタイムを計測《けいそく》するから、足にはめてね」

黒いアンクルバンドを渡《わた》されて、足首におそるおそるはめた。

（もう逃《に》げられない）

足かせをはめられた気分になった。

赤いミサンガにぎゅっと左手を当てた。

「じいちゃーん、じいちゃーん！」

テントの外に出ていた健斗《けんと》が、手をふってゲートにむかい走りだした。

いつの間にか、五キロの選手たちが次々とゴールしていた。

ぼくも健斗の後についていく。

加賀《かが》のおじいちゃんは四つんばいになって、海から体を現《あらわ》した。

「あっ！」

健斗《けんと》がさけぶ。おじいちゃんは砂《すな》に足をとられたのか、右に大きくよろけた。

「おじいちゃーん、がんばれーっ！」

ぼくもさけんだ。おじいちゃんはまた水中に体をしずめると、カエルのように泳いでゴールに近づいた。

そして波打ち際《ぎわ》ギリギリでしっかり体をだすと、ひざを曲げて体を左右にゆらしながらゴールゲートをくぐった。

「二十三番、加賀一平《いっぺい》さん、今ゴールでーす。加賀さんは七十二歳《さい》。昨年《さくねん》は七十代の部で優《ゆう》勝《しょう》しています」


アナウンスの明るい声が出むかえる。

浜辺《はまべ》にいた人たちも、加賀《かが》のおじいちゃんにあたたかい拍手《はくしゅ》をおくった。

おじいちゃんは、ひざに手をついて大きく呼吸《こきゅう》をした後、両手をあげて、拍手に答えた。

ゴーグルをはずすと、いい色に焼けた目の周りが白く見えるほど、さらに日に焼けた顔が、ぴかっと光った。

ぼくも思わず手をたたいた。

おじいちゃんの後ろには、もうあとひとりかふたりしかいないみたいだ。

でも、おじいちゃんは泳ぎきった。

はるか沖《おき》の、見えないブイまでいって、もどってきたんだ。

フッフッと、勇気がわいてきた。

速くなくてもいい。よたよたしたっていい。

ぼくも、絶対《ぜったい》もどってくる。

きっと、夏生《なつき》くんが待ってる。

「計測《けいそく》マットをふんでから、スタートゲート前に集合してください」

みんなの後にならんでおそるおそる赤いマットをふむと、ピッと音がした。

心臓《しんぞう》がドキン！　とはねる。

「大会に参加するのがはじめてのみなさん、手をあげてくださーい」

おばさんのアナウンスに、パラパラと手があがる。

「ではこれからあの水上バイクに乗ったお兄さんが、みんなが実際《じっさい》に泳ぐコースを走るのでよく見ていてください」

アナウンスが入ると、マッチョな男の人が乗った水上バイクが派手《はで》な水しぶきをあげて、ヴヴーンと沖《おき》のほうへむかっていった。

あっという間に姿《すがた》が小さくなり、黄色い第一ブイを曲がった。

周りのみんなが不安そうな声をだす。

「けっこう遠いだろ」

となりにいる健斗《けんと》は、おれはもう知っとる、という感じでいった。

水上バイクが第二ブイのある横島《よこしま》を通って帰ってくると、拍手《はくしゅ》がおこった。

ぼくもあわてて拍手をする。

「第一ブイをまがって岸と平行に進むときは、潮《しお》の流れが沖《おき》の方にむかっているので、右に右に進んでくださいね」

アナウンスをきいて、みんながうなずく。

「まっすぐ進んでいるつもりでも沖に流されてしまうので気をつけてください」

「右、第一ブイを曲がったら右……」

ブツブツいって緊張《きんちょう》をごまかしていると、「楽勝、楽勝」と、健斗《けんと》が肩《かた》をもみもみしてきた。

「はいみんなー、のど渇《かわ》かないように飲んでおいてねー」

テントの下から声がして、机《つくえ》の上に並《なら》べられたスポーツ飲料にみんな群《むら》がる。

ぼくものどがカラカラだったから、がんばって手をのばした。

「では準備体操《じゅんびたいそう》をしてくださーい」

砂浜《すなはま》に腰《こし》をおろすと、ジジッと音がするんじゃないかと思うくらい熱い。でも寒気がする。

ストレッチしようとして足先に手をのばすと、心臓《しんぞう》が口から飛び出てきそうだった。

ふりむくと、応援《おうえん》のお母さんたちや、見物客で浜《はま》はいっぱいになっていた。

テレビ局の人もきているみたいだ。

おばあちゃんはいない。もう、漁船に乗りこんだのかもしれない。

「相川小《あいかわしょう》～がんばれ～」

「がんばれ～がんばれ～！」

応援の人たちは、青い大漁旗《たいりょうばた》を両手で持ちあげたり、学校の旗をふって声援《せいえん》を送っている。

大会委員長のおじさんが、選手の前にマイクを持って立った。

「それでは、これから、第五回　オープンウォータースイミング　ｉｎ《イン》　佐渡《さど》、小学生一キロの部を開始します。みなさんむりせず、どうしても泳げないと思ったときは、黄色いボートに乗ったライフガードに声をかけてください」

「はいっ！」

選手の声が浜にひびく。ぼくは、声をだすこともできない。

「せやっ」

大きなかけ声と共に、選手を送りだすための鬼太鼓《おんでこ》がはじまった。

ドンドンドンドンドン……。

デンデンデンデンデンデンデンデン……。

海はチラチラと光っている。

桟橋《さんばし》には、ウミネコが止まり、優雅《ゆうが》にこっちを見ている。

「おれ、先にいくからな」

健斗《けんと》がぼくの背中《せなか》をポンとたたくと、すっと列の先頭へむかった。

「が、がんばて」

声がかすれて、言葉にならない。

「颯太《そうた》もな！」

健斗はふりかえらずにさけんだ。

「ではスタート地点についてください。自信のない子は後ろのほうからついていってくださ
い。よろしくお願《ねが》いします！」

「よろしくお願いします！」

参加する子どもたちが声をそろえて、海に進んだ。

自然に十人ずつが横にならんで、六つくらいの列ができた。

ぼくは当然、一番後ろの列だ。

熱い砂《すな》を足の裏《うら》につけたまま、海へ一歩ふみいれる。

とうとうだ。もう、いくしかないんだ。

「うっ、冷てえ」

となりにいた男子が声をあげる。

すでに肩《かた》はじりじりと太陽にこがされている気がするのに、やっぱり海に最初に入るとぞわっとする。

ふるえて、声をだすこともできない。

ただ、体の奥《おく》から、さけんでいた。

――完泳したい。

ぼくはどんどんみんなに先をゆずって、後ろにだれもいないところまで下がった。

ひときわ焼けている健斗《けんと》は、一番先頭の、玉ブイロープに近いところまで進んでいった。

ドクンドクン……。

何回も深呼吸《しんこきゅう》をする。

横島《よこしま》の漁船をもう一度見る。

夏生《なつき》くんは……本当に待っていてくれるのかな。


プオ――ン！

「十一時一分、小学生一キロの部、スタートでーす」

ちょっと間の抜《ぬ》けたラッパのような音が鳴り、明るいアナウンスの声が浜辺《はまべ》にひびく。

観客のかけ声が「わあっ」と背中《せなか》をおした。

いよいよスタートだ。


ドンドドンド、ドンドドンド……。

デンデデンデデン、デンデデンデデン……。

いけ、がんばれ！　と太鼓《たいこ》の音が後おしする。

みんな、砂《すな》まじりの海水をななめ後ろにけりあげるように進んでいく。

「うひゃーっ」

「いくでーっ」

ゆっくり、ゆっくり、と思っても、声をあげて前進するみんなの熱気におされて、つい足が速まる。

第一ブイの近くに、応援《おうえん》の漁船が浮《う》かんでいるのが見えた。

遠い。

あんなところに、本当にぼくの力でたどりつけるのかな……。

第一ブイ、第二ブイで区切られた海は、沖《おき》にいくにつれて深い紺色《こんいろ》になっている。

ただただ広くて遠い海に、小さい体の子どもたちが次々にいさましくむかっていく。

「わあ、もう健斗《けんと》がクロールはじめとる！」

ぼくのとなりの女の子がさけんだ。

先頭集団《しゅうだん》は、いよいよ足の着かないところまで進み、海に入っていた。いったん泳ぎだせば、もう後にはひけない。

（足が着くかぎり、できるだけ歩いていたいよ……）

おへそのあたりまで水がきた。

あたりを見渡《みわた》すと、もうみんな泳ぎはじめていた。

（よしっ。いくしかないっ！）

ゴーグルを目におしつけると海底をけり、思いきって海に体を浮《う》かべた。

冷たーっ。

（あれっ？）

水の中がまったく見えない。

（そうだ……あおいがいってたっけ）

前を泳いでいる子どもたちのせいで砂《すな》が巻《ま》きあげられて、水中がにごっている。
鼻や口の中にまで砂が入ってくるような気がして気もち悪い。
にごった水をおしのけるように、大きく手をのばした。
すると、前を泳ぐ子の足で思いきり右腕《みぎうで》をけられた。
（いったーっ！）
口を開いてしまい、砂まじりの水が入ってきた。
海草が手に巻きつき、鼻もジーンとする。
「ブアッ、ハアッ」
何とか海面に顔をだす。
（くっそー、けられた！）
立ち泳ぎに変えて、しょっぱい海水をぺっとはきだす。
まだまだはじまったばかりなのに、こんな調子じゃあ……。
何度も息つぎで顔を上げると、先頭の子はもうかなり遠くに見える。
（気にしない、気にしない。マイペースでいいんだ）

前の子に当たらないように、気をつけながら手を大きくかいた。
周りにだれもいなくなり、少し泳ぎやすくなった。
なのに、体が重くなってきた。
(みんなとスタートするだけでつかれたな……)
こういうときこそ、リズムが大事。
夏生《なつき》くんのアドバイスを思いだす。
イーチニッサーンシッ。
イーチニッサーンシッ。
ひたすら同じリズムで、ゆっくりと泳ぐ。
(どれくらい進んだのかな……?)
まだはじまったばかりなのに、もう後ろをふりかえりたくなる。
すると急に水温が冷たくなった。
ひんやりした海水が全身を包む。
もう、絶対《ぜったい》に足の着かないところまできたのがわかった。

（こわい。引きずりこまれそう）

夏生《なつき》くんの声が頭にひびいた。

――後ろと下は見るな。前だけ見ろ。いつも目標《もくひょう》がどこにあるか確認《かくにん》しながら泳ぐんだ！

そうだ、黄色のブイだけ見るんだった！

参加選手の集団《しゅうだん》の右側には、オレンジ色の玉ブイでつながれたロープがあり、左側にライフガードの乗った黄色いボートが浮《う》かんでいる。

漁船が徐々《じょじょ》に近づいてきた。

青い色の大漁旗《たいりょうばた》が、風で大きくはためいている。

だれが乗っているのか、見る余裕《よゆう》がない。

でも、息つぎをしようと顔を上げた瞬間《しゅんかん》、声が耳に飛びこんできた。

「颯太《そうた》ーっ、がんばれー！　もっと右！　ロープに近づいて！」

おばあちゃんの声だ！

顔を船にむけると、ぼんやりとした視界《しかい》の中で、おばあちゃんが手を大きくロープの方にむかって動かしているのが見えた。

顔を右にむけた。

げげっ。

まっすぐロープにそって進んでいたつもりだったのに、かなり左にそれていたみたいだ。

黄色の第一ブイまでは三百メートルだけど、コースをそれるとそれだけ泳ぐ距離《きょり》が長くなってしまう。

顔を上げながら少し速く手足を動かす。

ようやくオレンジ色の玉ブイのあるロープに近づいたけど、第一ブイとの距離は全然縮《ちぢ》まっていない。

(くそーっ、さっきの場所にもどってきただけか?)

少し先を泳いでいたのに、同じように流された子たちが、ぼくの方に寄《よ》ってきた。

「全然進んでないっ……!」

女の子が悲鳴のような声をあげる。

「がん……ばっ」

声をかけたけど、とどいたかどうかわからない。

手をひっぱってあげることはできない。

みんな、自分の体だけを頼《たよ》りにこの海を乗りこえようとしている。

玉ブイにぶつかって、手がロープにひっかかる。

永遠に、第一ブイまでたどりつけないような気がした。

もう、太鼓《たいこ》の音も、浜辺《はまべ》の歓声《かんせい》もきこえない。

いつの間にか透明《とうめい》だった水は深い藍色《あいいろ》になり、海の底は暗く、何も見えなくなっていた。

顔を上げると、水平線のむこうに、大きな入道雲が見えた。

太陽が、頭をジリジリとこがす。

また漁船が近づいてきた。ウミネコが「ニャアッ」と鳴きながら船についていく。

「がんばれーっ」

「第一ブイまであと少しーっ」

えっ……第一ブイまであと少し?

まだまだ遠く感じるけど、泳いできた距離《きょり》の方が長いのかもしれない。

ぼくはふりかえりたくなるのをおさえて、ひたすら前を確認《かくにん》しながら泳いだ。

すごく遠くに見えた黄色の第一ブイが近づいてきた。

（きた！　ここまで泳げた！）

もうブイの右のほうで何人かの頭や波しぶきが見えた。

ドキドキが、全身をつらぬく。

（やった……！　本当に三百メートル……泳げた……！）

体をねじり、黄色のブイを右に方向転換《てんかん》するように曲がる。

右手に、今、泳いできた海がちらちらと見える。

浜辺《はまべ》はもう、はっきり見えない。

だれにも助けてもらわないで、自分で泳いできたんだ……！

すごい、すごい……！

体の奥《おく》から、じわじわとうれしさが全身に広がっていく。

（よしっ！）

「十八分経過《けいか》！」

ブイの横につけているライフガードの人が、ボートから拡声器《かくせいき》で教えてくれる。

十八分。まだ、たった十八分しか泳いでないんだ。
もう、一時間くらい泳いだ気がしていたのに。
でも最初にリタイアするかもしれないなんて思っていたけど、三分の一は泳げたんだ。
三百メートルだぞ。
二十五メートルしか泳げなかったのに。
まだ最初のブイを曲がっただけだけど、少し誇《ほこ》らしい気もちになった。
ずっと右手にぼんやりと見えていた横島《よこしま》が、前方に浮《う》かんでいる。
先をいく選手たちの頭や波しぶきが見える。
ぼくだけじゃない。みんながんばっている。
泳ぐのはひとりだけど、泳いでいる子の気配を感じるだけで力がわいてきた。
みんなが泳いでなかったら、もっと早くあきらめていたかもしれない。
でも、今までよりも力のある波が絶《た》え間《ま》なくおしよせ、またみんなにとり残された。
（はーっ、横島、遠いな……）
かいてもかいても進んでいない気がする。

(横島《よこしま》って、どの角度から見ても横長に見えるって、本当だったんだ……)

本当に、横島にむかってまっすぐ泳げているのか不安になるくらい、形が変わっていない。

横に二十メートルくらいあるみたいだけれど、ぼくにはまだまだ小さい岩のようにしか見えない。

力が入りすぎていたのか、右腕《みぎうで》の筋肉《きんにく》が痛《いた》くなり、全身が重くなってきた。

もう、何分くらい泳いだんだろう。

健斗《けんと》は、順調《じゅんちょう》に泳いでいるのかな……。

夏生《なつき》くん、本当に待ってくれているのかな……。

横島より、さらにゴールに近い方向を見る。

ザバッ！

大きな波をかぶって、体がぐわっと後ろにもっていかれた。

ゴーグルに水が入り、視界《しかい》がぼやけた。

(しまった！)

首を上げて、立ち泳ぎをしながらなんとかゴーグルから水をだすと、先頭の子が横島の第ニブイを曲がったのが、ちらっと見えた。

(すごい、もう横島《よこしま》のブイを曲がってる!)

先頭の子たちは、はるか先に見えて、かいてもかいてもたどりつけない気がした。

完全に潮《しお》の流れにさからっている。

横波が、ぼくが進むのをじゃましているみたいだ。

(もういやだ……!)

波におされるたびに、口にも海水が入ってくる。

こんな感じで、横島までいけるわけがない。

(やっぱり二十五メートルしか泳げないのに、一キロなんてむりだったのかな……)

苦しくて、涙《なみだ》がこみあげてきた。

だれかが前方でワアワアいってるのがきこえた。

「もうちょっとがんばれっ……!」

ライフガードの人の声がしてしばらくすると、黄色いボートに選手が乗せられたのが、かすかにわかった。

女の子みたいだ。

（リタイアした子がいる……！）

心臓《しんぞう》が、体中にひびくくらい大きく鳴った。

（これでもしリタイアしてもぼくだけじゃない……）

正直、少しホッとしているのに気づいた。

（リタイア……しようかな）

別にここでリタイアしたって、東京《とうきょう》にもどれば知っている人はいない。

おばあちゃんだって、夏生《なつき》くんだって、きっとがんばったっていってくれる……はずだ。

ずっと立ち泳ぎをしていたら、とつぜん、足がギイイとしぼりあげられるように痛《いた》くなった。

（右足がつった！　おぼれるっ）

ぼくは必死に手で海水をかきまわした。右足をのばそうとしても力が入るだけで、ますます痛みが強くなっていく。

（いたいっ。いたいよーっ）

そのとき、夏生くんの足の甲《こう》が、ぼくの足の裏《うら》におしつけられた感覚を思いだした。

そうだっ。右足の裏《うら》を、左足の甲《こう》に……！

手を必死にかき回しながら、右足をおしつけてふくらはぎをのばした。

「ハアッ、ガハッ」

海水を飲みながら、なんとか呼吸《こきゅう》する。

「五十一番、だいじょうぶか？」

ライフガードのおじさんが声をかけてきた。

まだ、ギリギリするような痛《いた》みがとれない。

リタイアが頭をよぎる。

――自分から、離《はな》すなよ。

なぜか、加賀《かが》のおじいちゃんの声がきこえた。

――しっかりくくりつけとくんだぞ。

(そんなこといったって、もうむりだよ。力が残ってないんだよ)

「うわあああ！」

海にむかってほえた。

なんでぼく、こんなとこで、こんなしんどいことしてるんだ？

なんで、こんな大会に出ようと思ったんだっけ？

――つかれたら、休めばいいんだよ。

夏生《なつき》くんと海に浮《う》かんだときのことを思いだした。

おじさんに「だいじょうぶです」と伝えると、思いきってあおむけになって浮《う》いてみた。

（あれっ……）

力が入っていたのがうそみたいに、波が体からつかれをすいとってくれる。

太陽がギラギラとまぶしく、目を閉《と》じた。

まだ明るいまぶたの裏《うら》に、夏生くんと見た、月といさり火が広がった。

（あれっ、なんで……？）

するとまた夏生くんの声がきこえた。まるですぐ近くにいるように。

「颯太《そうた》も、種を、まいとるんだよな」

――そうだ、種だ。

病院でおなかをなでているお母さんの顔が浮かんだ。

――ぼくも、少しでも変わりたいって思ったんだ……！

（夏生《なつき》くんが前にいると思って泳ごう）

高くなった波の間に、夏生くんの日焼けした背中《せなか》が浮《う》かんだりしずんだりしているように感じられた。

はじめて会ったときも、イルカが泳いでいるみたいだなあって思ったっけ。

おなかにぐっと力を入れた。

リタイアした子もがんばって練習したんだろう。

ボートの上からまだみんなが泳いでいるのを見て……絶対《ぜったい》くやしいにちがいない。

（ぼくはあきらめない！）

また体をくるっとひねり、頭を水中につっこんだ。

日にさらされてほてった顔にあたる海水が、冷たくて気もちいい。

ずっとひとりで泳いでいる気がしていたけど、気がつくと先を泳いでいた選手たちの赤いキャップが、五メートルくらい先に見えるようになった。

（ぼくひとりじゃない。みんな苦しくてもがんばってる）

しばらくすると、横波の力が弱くなり、横島《よこしま》が近づいてきた。
横島は、釣《つ》りのスポットらしく、よく小さな釣り船が近くにつけているそうだ。
今日はそのかわりに、大きめの漁船が応援《おうえん》につけていた。
夏生《なつき》くん……。
ぼく……ここまできたよ。
もう、漁船の方に顔をむけられないほどつかれきっていた。
手も足もパンパンになって痛《いた》い。
顔を上げすぎていたのか、首も肩《かた》も痛い。
目にも海水が入って痛い。
もう、フォームも何もかもめちゃくちゃだった。
すると、漁船から、声がきこえた。
「颯太《そうた》―――っ！」
泳いでいても、漁船のエンジン音がうるさくても。
きき逃《のが》すわけない。

「ラストーーーっ。がんばれーっ！」

その声をきいたとたん、さっきまでがまんしていた涙《なみだ》がじわっとあふれてきた。

立ち泳ぎをして、ゴーグルをはずす。

ぼやっとしてよく見えない。

「いけーっ！」

夏生《なつき》くんがどこにいるのか、わからなかった。

でも、その声でグンと体が軽くなった。

横島《よこしま》を旋回《せんかい》する。

「三十八分経過《けいか》！　五十一番がんばれっ」

ライフガードのお兄さんが、拡声器《かくせいき》で伝えてくれる。

もう、三十八分も泳いだのか……。

ぼく、その間ずっと泳いでたんだ……。

東京《とうきょう》にいたら、絶対《ぜったい》にできなかった。

体を完全に浜《はま》の方にむけると、潮《しお》の流れが変わった。

（波が後ろから、ぼくをおして運んでくれてる！）

キックも強く打てるようになった。

なぜかしんどくなくなって、ふわーっと気分が良くなってきて、いくらでも泳げる気がしてきた。

（これが、夏生《なつき》くんのいってたランナーズハイみたいな状態《じょうたい》!?）

さっきまで抵抗《ていこう》ばかりしていた海が、味方になってくれた。

そらっ、浜《はま》までいくぞっ、って後おししてくれる。

すごい！

楽しい……！

顔を上げると、浜辺で応援《おうえん》の人たちがたくさん待っているのが見えた。

白くまぶしい浜。古くて赤い屋根の目立つ相川《あいかわ》の町並《まちな》み。

その背中《せなか》に、緑のこんもりとした山。

練習のときとちがうのは、浜辺のもりあがりだ。

みんな、こっちをむいて手をふったり、大漁旗《たいりょうばた》をふったりしている。

先頭の選手たちが泳いでいる海は、太陽の光で宝石《ほうせき》みたいに輝《かがや》いている。

キラキラの波の中を泳ぐ選手たちの、浮《う》かぶ赤いキャップも、ふりあげた腕《うで》も、キックのしぶきも、すべて光って見える。

わあ……きれいだな……。

ぼくも、キラキラと泳いでいるんだろうか。

波がさらに、ぼくの背中《せなか》をおす。

トクトクトクトクと胸《むね》が鳴る。全身にひびく。

楽しい……。

海を泳ぐのって楽しいんだ……！

ウミネコが羽をのびのびと広げ、すーっと前を横切る。

水温があたたかくなり、海の色が、変わった。

ドンドドンドドンドン……。

デンデンデンデンデン、デンデデンデデンデン……。

出むかえの太鼓《たいこ》の音がきこえた。

首を上げると、もう浜《はま》が近づいていた。

歩きだしている子たちがたくさんいるのが見えた。

「第五回　オープンウォータースイミング　ｉｎ《イン》　佐渡《さど》、小学生一キロの部、先頭の選手が見えましたーっ。がんばれーっ」

アナウンスがきこえる。

（もうちょっと、もうちょっとだ……）

もうどこにも力が残っていない気がするのに、それでも体って動く。

体と心がはげましあっているみたいだ。

ライフガードの人たちが、

「五十一番がんばれ！」

「ゴールまで五十メートル、あと少しだ！」

と声をかけてくれるのだけが、頭の奥《おく》でぼんやりとひびいた。

（あと少し、あと五十メートル）

ゴール近くのライフガードの人たちが手でアーチを作っているのが見えた。

足を下にのばしてみると、砂《すな》が足の底にふれた。

(足が着いた！)

遠くに見えたゴールゲートに、次々とみんなが入っていくのがくっきりと見えた。

(よし、ここからはもう歩こう)

足をおろして、砂地の底につけようとひざに力を入れたとたん、がくっと体が前につんのめった。

バシャンッ！

海に逆《ぎゃく》もどり。

「ゲッホ、ゲホゲホッ」

思いっきり海水のんじゃった。

う、うそ。

か、かっこわる……。

水面に打った顔から火が出そうになる。

ふんばろうとしても、もう足に力が残っていない。

なのに、体は砂《すな》の袋《ふくろ》を背負《せお》わされたみたいに重い。

そのままフラフラッと海にたおれこむ。

「ああっ」と浜辺《はまべ》からだれかの声がきこえる。

もう、かんべんしてくれーっ。

手で水をはらいのけるようにして立ちあがると、浜から大きな声がきこえてきた。

「颯太《そうた》ーっ、あと少しーっ、がんばれーっ!!」

な、夏生《なつき》くん……？

ゴーグルをとって目をこらす。

おばあちゃんと夏生くんが大きく手をふっているのが見えた。

ぼくも手をふりたかったけど、だるくて重くて手が上がらない。

体も海面から出ると、ずっしりと重力を感じた。

「いけっ……いくんだ……」

波打ち際《ぎわ》まで進むと、夏生くんが、いつもの黒いT《ティー》シャツをぬいでふりまわしていた。

「颯太、おつかれーっ、やったなーっ！」

おばあちゃんも拍手《はくしゅ》してくれている。

ライフガードの人たちのアーチをくぐって浜辺《はまべ》に上がると、応援《おうえん》のお母さんたちが手で作ってくれたアーチをふらふらと通り、銀のゴールゲートをくぐった。

「おつかれさまーっ」

「おめでとう！」

ぼくのことなんて全然知らないお母さんたちが、自分の子どもみたいに拍手《はくしゅ》してくれた。

なんだかくすぐったい。

今まで、こんな声をかけてもらったことはなかった。

ううん、かけてもらえるまでやりきったことがなかった。

アナウンスがひびく。

「五十一番　入江《いりえ》颯太《そうた》くん、最後の完泳者です。おめでとう！」

(最後か……でもやった……おわったんだ……泳ぎきった……)

夏生《なつき》くんと、健斗《けんと》、舞美《まいみ》、理奈《りな》が出むかえてくれた。

「イエーイ！」

「やったね！」

みんなとハイタッチをする。

やった……！　本当に、ゴールしたんだ……！

「健斗《けんと》……どうだった……？」

「きくなーっ」

健斗は真っ白な歯をむきだしにした。

「くっそーっ！」

「なんで？　優勝《ゆうしょう》したじゃん」

理奈《りな》がなだめると、

「去年の松木《まつき》の記録、抜《ぬ》かせんかったーっ」

健斗は、声とはうらはらに、上をむいてわらった。

「今日は逆波《さかなみ》がすごかったから、しかたないって」

「颯太《そうた》くん、完泳おめでとう」

舞美《まいみ》と理奈が声をかけてきた。

「ありがとう」

じわじわとうれしさがこみあげてくる。

右の手首を見ると、ぬれた赤いミサンガが、水のしずくで光って見えた。

あおい……ぼく、やったよ。

「つかれたねえ」

「でも……楽しかった」

「ウン、楽しかったね！」

「海、サイコーッ‼」

健斗《けんと》がとつぜんさけんだ。

ぼくも、心の中で思いきりさけんだ。

夏生《なつき》くんは、すっとした目を少し細めて、ぼくたちをまぶしそうに見ていた。

「完泳証《かんえいしょう》をもらっといでよ」

舞美《まいみ》にいわれて、列にならぶ。

ぼくの前にはずらっと男の子も女の子もならんでいて、みんなニコニコしている。

だれかに勝ったとか負けたとかじゃない。

ひとりひとりが、完泳した満足感であふれていた。

ふりかえると、海にはだれもいない。やっぱりぼくが最後みたいだった。

でも、なぜか全然はずかしくない。

ぼくは泳ぎきったんだ……。

「入江颯太《いりえそうた》くん、おめでとう！」

「ありがとうございます」

おじさんに渡《わた》された完泳証《かんえいしょう》には、「タイム五十四分十七秒《びょう》」と書いてあった。

（えーっ、三時間くらい泳いだ気分だったのに、五十四分しかたってなかったのか……）

びっくりして、もう一度完泳証を見つめなおした。

五十四分十七秒。

これは、ぼくだけのタイムだ。

もう一度海をながめると、オレンジのブイが点々と海に浮《う》かび、見えたりかすんだりしている。

横島《よこしま》は、むかっていたときとやっぱり同じ横長の形をしていた。

あんなところまで泳いでもどってきたなんて信じられない。

でも、なんていい景色《けしき》なんだろう。

夏生《なつき》くんと練習しなかったら。

途中《とちゅう》でリタイアしていたら。

この景色は見られなかったんだ……。


完泳証《かんえいしょう》を何度もながめながら、みんなのところへもどった。おばあちゃんは「今、颯太《そうた》が完泳証をもってきました」とブツブツいってビデオをまわしている。

健斗《けんと》が「イエーイ」とハイタッチしてきたけど、あんまり力が出なくて、へにゃっとなった。

夏生くんは照れくさそうに海を見ている。

「夏生くん、きてくれたんだね」

夏生くんは顔をくしゃくしゃにしてわらった。

「これ、効《き》いたな」

夏生《なつき》くんはミサンガをつけた右手を、少し上に上げた。

ぼくも、右手を上げた。

「よくできました」

夏生くんがハイタッチしてきた。

パチン!

今度はいい音が出た。

あおいに報告《ほうこく》のメールを打っていたおばあちゃんに、大人の選手から声がかかった。

「おお、まっちゃん、きとったんだ〜」

「まっちゃん、おれの子も出場しとったんだし、見てやってよ」

「はーいはい」

おばあちゃんは、手に持っていた保冷《ほれい》バッグをぼ

くに渡《わた》した。

「おばあちゃん、ちょっと話していくから先にふたりで休憩《きゅうけい》してきて」

ゴールゲートから少し西にずれた場所にある古い桟橋《さんばし》に、ふたりで腰《こし》かけた。

浜辺《はまべ》はまだお祭りのようなにぎわいだけど、海はさっきまでのレースがなかったかのように、静かに光っている。

ライフガードの人たちが、浜辺にボートを裏返《うらがえ》してならべはじめた。

「良かったな、良かったなあ、颯太《そうた》」

夏生《なつき》くんはぼくの頭をくしゃくしゃになでた。

上《うわ》ずった声をごまかすように、おにぎりをほおばる。

ぼくも、急におなかがすいてきて、ぱくっとおにぎりをほおばった。

「よしよし、腹《はら》へっただろ」

夏生くんが、お弁当をのぞきこむ。

「そのトマト、あのとき、茎《くき》が折れかけていたやつだよ」

「おおっ、ちゃんと赤くなったじゃん！」

「夏生《なつき》くんが食べて」

「颯太《そうた》が育てたんだろ」

そういいながら、夏生くんはトマトを「うん、甘《あま》い」とほおばった。

「おれ……もう、漁船から飛びこみそうだったよ。颯太が横島《よこしま》まできたの、見たとき」

「くると思った？」

「ああ。颯太のことは……信じとったよ」

夏生くんは、お弁当《べんとう》を食べる手を止めた。

信じてくれてた。

ぼくのこと、一度もできないなんて見捨《みす》てなかった。

夏生くんは、海に目をむけた。

「おれ……ずっと、またいつかオヤジが帰ってきて、あの船に乗ってくれないかなって思っとったんだ。本当は、そんなこともうありえねえってわかっとったのに……アホだよな」

夏生くんは、また石を海にむかって投げた。

「加賀《かが》のじいさんはああいってくれたけど、おれが漁師《りょうし》になるのはちがうって、今日、はっきりわかった」

ぼくは、夏生《なつき》くんの顔を見た。

「今日……？」

ぼくは首をかしげた。

「颯太《そうた》が、おれの答えだったよ」

夏生くんの目に、力がこもっている。

「大幸丸《おおさちまる》やいさり火を見て、昔のこと思いだして、すがっとっただけだって気づいたんだ。あれは、オヤジの夢《ゆめ》だった。でも今はもう……オヤジはちがう道を進んどる」

ぼくの目を見て、夏生くんはきっぱりいった。

「おれは、ばあちゃんと佐渡《さど》に残る」

「夏生くん……」

「それでもういっぺん勉強しようって思っとる……颯太のおかげだよ」

「えっ？」

「おれも、なんかできるかもって気にさせてくれた」

「……うん」

ぼくも石をひろって、投げた。

でも砂浜《すなはま》に、急降下《きゅうこうか》。

夏生《なつき》くんが追いかけるように、また投げる。

パン、パーン、パーン……。

ふたりの手が、海にむかってのびる。

ぼくのミサンガも、夏生くんのミサンガも、まだしっかり手首に残っていた。


夕ごはんの時間になると、あおいが新潟《にいがた》から帰ってきた。

「ただいま！　颯太《そうた》～完泳おめでとう!!」

あおいがぼくの両手をとるとブンブンふり回した。

今までとは別人みたいなハイテンションのあおいにドキドキした。

「あ、ありがとう。あおいは模試《もし》どうだった？」

「うん。結果はわからないけど、自分の力はだしきれた！　ってカンジ」

あおいはこの夏で一番すっきりした笑顔を見せた。

「ぼく、やっぱりビリだった」

あおいがぼくの目をまっすぐ見つめた。

「でも、ぼくも、力をだしきった」

黒く光る目をしっかり見つめかえすと、あおいはうなずいた。

「なんだか颯太《そうた》の日焼けした顔見たら、やっぱりわたしもちょっと泳ぎたくなっちゃった」

ふふっとわらうとあおいは舌《した》をちょこっとだした。

「あおいは、佐渡《さど》でお医者さんになるんでしょ。だったら、来年も、大人になっても、ずっと泳げるよ」

あおいはテーブルの上の完泳証《かんえいしょう》をじっと見つめるとうなずいた。

「……そうだね。颯太もまた出ようよ」

「う、うん、考えとくよ」

背中《せなか》をもぞもぞ動かすと、日焼けしたところがピリリとした。

12

東京《とうきょう》に帰る日はすっかり涼《すず》しくなり、むかえにきたお父さんが持ってきてくれた長袖《ながそで》のT《ティー》シャツを着た。

ドキドキしながらフェリー乗り場にいくと、夏生《なつき》くんがきてくれていた。

いつものTシャツじゃなくて、白いシャツを着ている。

ウエーブしてた長めの髪《かみ》がすっきりとした短い髪になっている。

いろんなことが思いうかんできてあふれそうなのに、のどがつっかえたみたいに苦しくなる。

夏生くんも同じなのか、シャツをまくったり時間を確《たし》かめたりして、何もいわない。

「カーフェリーご乗船の方はお急ぎください」

待合室にアナウンスがひびく。

イスに座《すわ》っていたお客さんたちが、いっせいに荷物を持って立ちあがる。

夏生《なつき》くんとおばあちゃんとあおいが、見送りに乗船口まできてくれた。

「お母さん、お世話になりました」

「おばあちゃん、ありがとう」

お父さんとぼくが頭を下げると、おばあちゃんは少し赤くなった目でぼくを見た。

「赤ちゃんが生まれるときは、また東京《とうきょう》にいくから」

「うん。待ってる」

ぼくは、おばあちゃんがはじめて赤ちゃんのことを口にしたのに気がついた。

ずっと、ぼくの気もちを考えてくれていたのかもしれない。

「あおい、またね」

「またね。来年は、赤ちゃん連れてきてね」

「うん。あおいも、がんばってね」

あおいがミサンガのついた手首をくるくるとふってわらった。

赤ちゃんか……。今度くるときは、赤ちゃんとくるんだ。

大きくなれば、いっしょに佐渡《さど》の海で泳げるかもしれない。

トクン、と胸《むね》がはずんだ。

「はい、出航《しゅっこう》時間が近づいていまーす」

船員さんから声がかかる。

「ねえ、もう時間ないよ」

あおいにいわれて、ぼくはやっと口を開いた。

「あ、な、夏生《なつき》くん……」

「また佐渡《さど》にきたら声かけろよ」

夏生くんは、ぼくの頭をポンポンとたたいた。

「おれ……まっちゃんにすすめられた通信教育受ける。高卒の資格《しかく》とって、大学にいく」

「へっ？」

「大学だよ、だ、い、が、く」

「へ、へええ……すごいねえ……」

もっといいこといいたいのに、言葉にならない。

夏生くんは、くすぐったそうに首をポキッと鳴らした。

「おれにも夢《ゆめ》があったんだってわすれかけとったけど、颯太《そうた》とまっちゃんのおかげで思いだしたよ」

「夏生《なつき》くんの夢……？」

夏生くんは鼻をこすってつぶやいた。

「……まっちゃんみたいな先生になりてえな、って思っとったこともあったなって」

潮風《しおかぜ》がふいて、夏生くんの目に海の光が輝《かがや》いた。

「夏生くん、ありがとう」

夏生くんがすっと手をのばしてきた。

ぼくも手をのばし、ぎゅっと握手《あくしゅ》した。

赤いミサンガと、オレンジのミサンガが、ふっと重なった。

夏生くんの手は、海でにぎってくれたときよりも力強かった。

船から見えなくなるまでずっと、夏生くんとおばあちゃんとあおいは手をふってくれていて、ぼくもうでが痛《いた》くなるほどふった。

お父さんと甲板《かんぱん》で海をながめていると、灯台をすぎて島はどんどん小さくなり、エサを目当てについてきたウミネコの群《む》れもいなくなった。

船が作る白い波を目で追っていると、船の後方にイルカがついてきているのがわかった。

夏生《なつき》くんが泳いでいる姿《すがた》が目に浮《う》かぶ。

ぼくがなりたいと思った強い背中《せなか》を思いだす。

「お母さんも、もうすぐ退院《たいいん》だから、大会のこと、報告《ほうこく》してもいいんじゃないか」

ぼくのうそを知っていたお父さんがにこっとわらった。

ぼくはだまって、海を見た。

緑色の海の色が、群青色《ぐんじょういろ》に変わった。

ぼくは、種をまけたのかな。

ぼくの中に……。

よくわからないけど、もう、竜也《たつや》に会っても、ハルに会っても、だいじょうぶな気がした。

もちろん、お母さんに会いたい。

でも、大会に出たことは、もういってもいわなくてもいいような気がした。

ずっと外にいたせいか暑くなってきて、長袖《ながそで》をたくしあげた。

「あれっ」

「どうした?」

「ない……」

手首から、ミサンガがなくなっていた。

あたりを見回しても、何もない。

海を見ると、青く深い色と白い泡《あわ》だけ。

島は、もうかすんでいる。

腕《うで》を持ちあげてくるくる回す。

太陽を反射《はんしゃ》した、海の光が手首に当たった。

ミサンガの跡《あと》だけが、白く光っていた。

あとがき

数年前「佐渡《さど》オープンウォータースイミング」千メートルの部に出場しました。泳ぐのは十年ぶりくらい。プールでの練習ではとうとう千メートル連続で泳ぐことができないままでしたが、本番ではなんとか完泳できました。

あのときの佐渡の青い空と、輝《かがや》く海をわすれることはできません。

わたしはもともと泳ぐことが好きでしたが、二十五メートルが精一杯《せいいっぱい》だった颯太《そうた》が、なぜ挑戦《ちょうせん》したいと思ったのか、颯太が乗りこえたいと思っていたものが何だったのか、感じてもらえるものがあればうれしいなと思います。

（※実際《じっさい》の大会を参考にしましたが、物語の中では実施《じっし》場所・競技《きょうぎ》内容などを変更《へんこう》しております。ご了承《りょうしょう》ください。）

佐渡で遠泳に挑戦しようと思わなければ、颯太は夏生《なつき》と出会うことはありませんでした。そして夏生もコーチを引き受けなければ、自分の夢《ゆめ》に気づくことはなかったかもしれません。

今、学校で友だちとの関係にゆきづまったり、自信が持てるものがないなあ……なんて思っていたとしても、もし、自分の中で種火のようなものがあったとしたら。

どうかそのきざしを大切にしてください。

ふだんとはちがう場所、新しい人との出会いが、何かを変えるきっかけになるかもしれません。そして、挑戦《ちょうせん》しようと思うあなたにはげまされる人が、きっとこれから現《あらわ》れます。

颯太《そうた》や夏生《なつき》たち、佐渡《さど》の美しい自然をとてもステキに描《えが》いてくださったふすい先生、伴《ばん》泳《えい》するようにいつもはげましてくださった安倍《あべ》さん、ポプラ社の潮《うしお》さん、大切な創作《そうさく》仲間のみなさん、友人、家族、漁業のことを教えていただいた坂下秀晴《さかしたひではる》さん、そして最後に、わたしに自然の中で泳ぐ楽しさを教えてくれた同志社大学淡水会《どうししゃだいがくたんすいかい》のみなさん、本当にありがとうございました。

みなさんの中にもある小さな種が、これから大きく育ちますように。

高田由紀子

作◉**高田由紀子**（たかだ ゆきこ）
千葉県在住、新潟県佐渡市出身。地元新潟への思いが深く、自身が生まれ育ったお寺を舞台に少年の心の成長を朗らかに描いた『まんぷく寺でまってます』（ポプラ社）でデビュー。本作が二作目となる。「季節風」同人。日本児童文学者協会会員。

絵◉**ふすい**
人気イラストレーター。『京都西陣なごみ植物店「紫式部の白いバラ」の謎』（PHP研究所）『スイーツレシピで謎解きを～推理が言えない少女と保健室の眠り姫～』（集英社）『僕とモナミと、春に会う』（幻冬舎）など、大人向けの小説を中心にみずみずしい装画・挿絵を数多く手がける。
オフィシャルサイト　http://fusuigraphics.tumblr.com

ノベルズ・エクスプレス 34

青いスタートライン

2017年7月　第1刷
2018年7月　第4刷

作　高田 由紀子
絵　ふすい
発行者　長谷川 均
編集　潮 紗也子
装丁　楢原直子
発行所　株式会社ポプラ社
〒160-8565　東京都新宿区大京町 22-1
電話（編集）03-3357-2216
（営業）03-3357-2212
ホームページ　www.poplar.co.jp
印刷　中央精版印刷株式会社
製本　株式会社ブックアート

ISBN978-4-591-15500-4 N.D.C.913 / 263p / 19cm

落丁本・乱丁本は送料小社負担にてお取り替えいたします。小社製作部宛にご連絡下さい。
電話 0120-666-553　受付時間は月～金曜日、9:00～17:00（祝日・休日は除く）
読者の皆様からのお便りをお待ちしております。
いただいたお便りは著者にお渡しいたします。

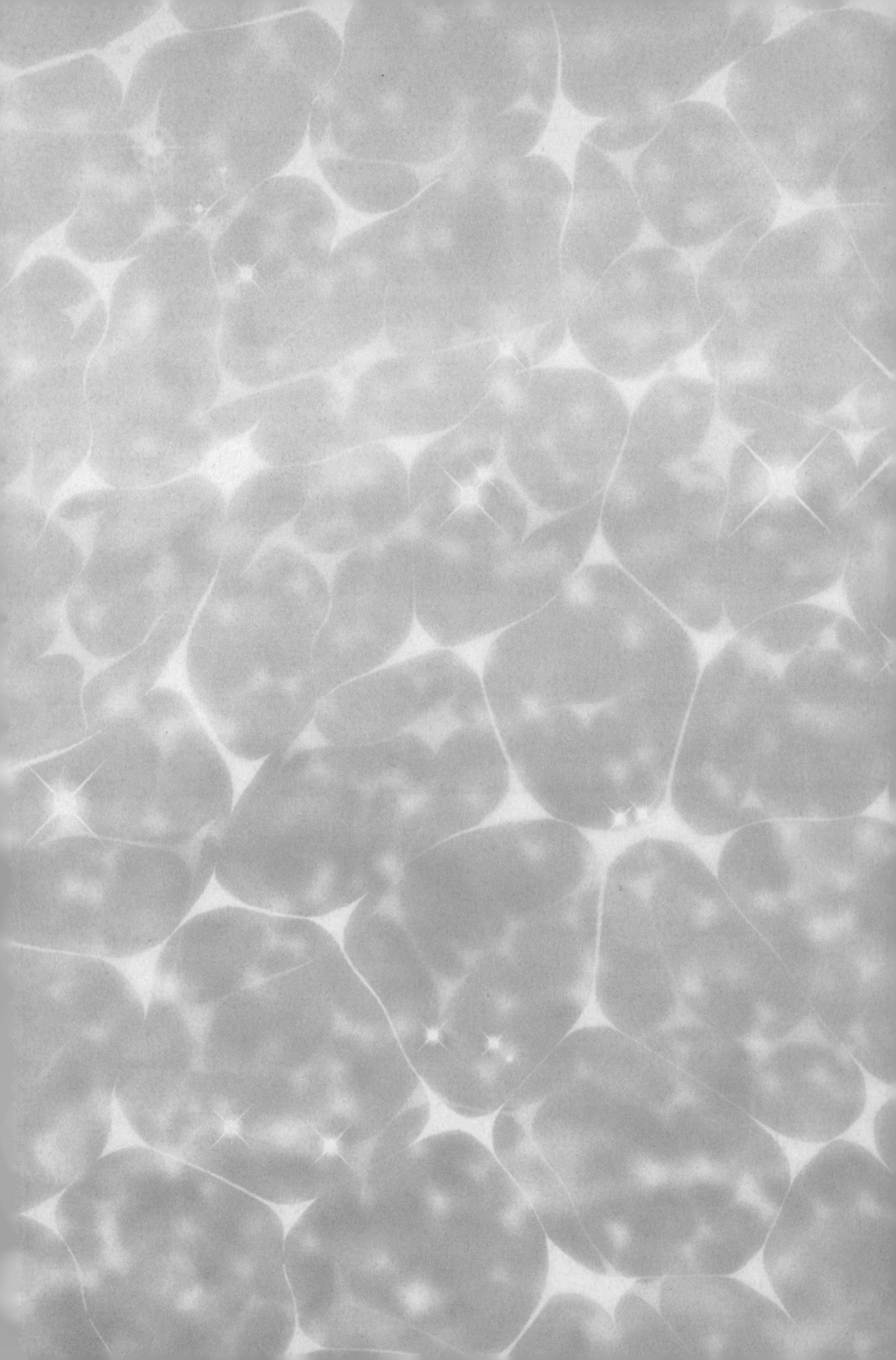